칠팔월에 내린 눈

칠팔월에
내린 눈

곽흥렬 수필집

큰아이가 세상에 온 날이 엊그제 같은데 어언간 서른 해라는 시간이 흘렀다. 그 시절, 이곳저곳 모임자리에 가면 지인들이 어김없이 손자 자랑으로 열을 올리곤 했다. 그런 소리를 들을 때면 나는 언제 손자를 가져 보나 싶은 생각에 그들의 처지가 은근히 부러웠었다.

그 선망의 마음에 마침표를 찍을 수 있을 날이 내게도 찾아왔다. 큰아이가 비로소 인생의 반려자를 만나 보금자리를 틀게 되었기 때문이다. 만일 머잖아 손자가 태어난다면, 생전의 할아버지께서 나를 사랑해 주셨던 만큼 나도 손자를 사랑할 수 있으려나 스스로에게 질문을 던져 본다. 물론 확적한 것은 그때에 가 봐야 알 일이지만, 지금 심정으로서는 충분히 그러고도 남을 것 같은 기분이 든다.

가슴 벅찬 이 순간을 고이고이 간직해 두고 싶은 마음에, 그리고 손자가 세상에 태어날 수 있을 가능성이 열린 이 뜻깊은 날을 스스로 기념하는 의미에서 책을 엮기로 했다. 그 속에는 억겁의 인연으로 우리 가족이 된 예쁜 며늘아기를 보듬어 안고 싶은 흔흔한 심사도 담겨 있고, 둘이서 검은 머리 파뿌리 될 때까지 아름답고 행복하게 살아갔으면 하는 간절한 소망도 깃들어 있다.

　오늘에 이르기까지 아들아이와 며늘아기를 지켜보면서 관심과 사랑을 베풀어 주신 주위의 모든 분들에게, 그다지 볼품없는 책이나마 이 수필집으로 대신 감사의 뜻을 전하며 존경의 마음을 바친다.

2018년 늦은 가을날
송림재松林布穀齋에서 곽 홍 렬

칠팔월에
내린 눈

흘러간 시절의
삽화

해질역으로
향하는 열차

문명의 이기,
이기를 가르치다

꽃나무들에
대한 예의

'너무'가
너무 많은 세상

흘러간 시절의 삽화

달맞이꽃

    중학에 들어가고부터 하교 시간이 늦어지는 날이 잦았다. 지금 아이들처럼 방과 후에 이 학원, 저 교습소 옮겨 다니느라고 그랬던 것은 아니다. 영어암송대회다 웅변대회다 백일장이다 해서 걸핏하면 대표로 뽑혀 연습을 하다 보니 야심토록 학교에 남게 되었기 때문이다. 아리잠직하고 재주도 하찮았던 촌뜨기였건만, 어디가 그리 미쁘게 보인 구석이 있어 선생님들의 분에 넘친 사랑을 받았는지 모르겠다.

    하루치 연습이 마쳐지고 뒷정리까지 끝나면, 서둘러 귀갓길에 오른다. 시계는 벌써 밤 열 시를 훌쩍 넘어 있기 일쑤다. 요사이야 열 시께면 아직 초저녁에 불과하지만, 그때는 완전히 한밤중이었다. 기껏해야 몇 시간에 한 대씩 있는 시외버스마저 끊긴 지 오래다. 쌀에

뉘처럼 자동차가 귀하던 시절이라, 해만 빠지면 거리는 이내 적막강산이 된다. 가로등도 없는 깜깜한 신작로를 지나오려면 주뼛주뼛 머리끝이 곤두서면서 오싹 소름이 끼쳤다.

지난날엔 늑대와 여우, 개호주 같은 산짐승도 많았지만 도깨비며 귀신 이야기는 또 어찌 그리 흔했던지……. 어린 나는 자연 풀어낼 수 없는 두려움을 가슴에 들였다. 그런 잠재된 공포에의 기억이 무섬증을 불러와, 처녀귀신이 나타나서 사람을 호린다는 골짜기 앞을 지나칠 때면 걸음아 날 살리라며 부리나케 자전거 페달을 밟았다. 정신없이 내달려 마을 언저리까지 다 왔을 때는 식은땀으로 등줄기가 흥건히 젖어 있곤 했다.

동구 밖에 들어서면, 약속이나 한 듯 어머니가 등불을 들고 마중을 나와 계셨다. 저만치 어머니의 희미한 그림자가 시야에 들어오는 순간, 무섬증과 고단함은 눈 녹듯 일시에 풀려나갔다. 아들의 모습을 확인한 어머니는 그제야 안심이 되는지, 한 차례 깊은 눈 맞춤을 하고는 집을 향해 말없이 발걸음을 옮기셨다. 그 침묵 속에 어리비치던 당신의 자애로운 눈빛을, 머리에 서리꽃이 피어나기 시작한 지금이 나이까지도 여전히 잊지 못한다.

그때 나는 어머니의 달이었다. 어머니는 아마도 당신의 아들이 어두운 세상을 환히 비추어 줄 달이기를, 그것도 보름달이기를 소망하셨을 것이다. 지금 헤아려 보니, 어머니가 꼭 달맞이꽃을 닮았었다는 생각이 든다. 전쟁터처럼 수선스럽고 살벌한 세상에서 내가 오늘 이때까지 쓰러지지 아니하고 꿋꿋이 버티어 올 수 있었던 것은, 달맞이꽃이 되어 지켜주신 어머니의 염려와 보살핌 덕분인지도 모르겠다. 오랜 지병으로 시난고난하다 생의 가을 녘에 홀홀히 저세상으로 떠나가 이제는 더 이상 달맞이꽃이 되어 주실 수 없는 어머니, 어쩌다 고향집을 찾을 때면 그때의 어머니가 동구 밖에 달맞이꽃으로 서 계시는 것 같은 환상에 젖어들곤 한다.

해바라기가 정열의 꽃이라면 달맞이꽃은 소박함의 꽃이다. 꼭 달이 뜨는 저녁을 기다려 피어난다고 해서 붙여진 이름 달맞이꽃, 그래서 기다림이라는 꽃말을 얻게 되었나 보다. 야심한 밤에 달팽이각시처럼 살그머니 찾아오는 꽃이라 하여 '야래향夜來香'이란 애칭으로 불리기도 한다. 야래향, 미혹되지 않을 수 없는 향도 향이려니와, 무엇보다 꽃 이름에 더욱 마음이 끌린다. 어쩐지 권력자를 치어다보며 간살을 떨고 있는 듯싶은 해바라기라는 이름과는 달리, 어딘지 모르게 은근한 느낌으로 다가오는 그 이름이 나는 좋다.

일찌거니 저녁술을 놓고는 달 바라기라도 할 겸 동구 밖으로 산책을 나선다. 아니나 다를까, 달맞이꽃이 어느새 제가 먼저 달을 마중하고 섰다. 누가 부르지도 않았건만, 달 오시는 밤만 되면 그는 어김없이 얼굴을 내민다. 뒤란에서 말없이 나타나는 은근한 정인 같기도 하고, 멀리서 소식 없이 찾아오는 반가운 손님 같기도 하다. 새벽녘까지 이슬을 맞고서 함초롬히 피어 있다 아침 해가 부챗살을 펼치기 시작하면 다시 저녁을 기약하며 조용히 입을 오므린다.

대다수의 꽃들은 낮에 다투어 피건만, 이 달맞이꽃은 어찌하여 밤을 틈타 수줍은 새색시처럼 살며시 모습을 드러내는 것일까. 무슨 정이 그리 많아 남들 다 깊이 잠든 시간에도 저 홀로 잠들지 못하고 온 밤을 지새우는 것일까. 하얀 밤에 노란 꽃, 그 선명한 색채의 대비가 가슴을 설레게 한다.

달맞이꽃에 찬찬히 눈길을 주고 있노라니, 그리스 신화에 나오는 애달픈 전설 하나가 망막에 맺혀 온다.

오랜 옛적, 별을 사랑하는 요정들 틈에 유독 홀로 달을 사랑하는 요정이 살고 있었다. 어느 날 그 요정은, 별이 뜨면 달을 볼 수 없을 것이라는 조바심에 무심코 이런 모진 말을 내뱉고 만다.

"하늘나라의 별들이 모두 없어졌으면 좋겠어. 그럼 매일매일 달을 볼 수 있을 텐데……."

곁에서 듣고 있던 다른 요정들이 곧바로 제우스에게 달려가 이 사실을 일러바친다. 잔뜩 화가 난 제우스는 그만 달 없는 깜깜한 세상으로 그 요정을 유배시켜 버린다.

나중에야 사연을 알게 된 달의 신은 자기를 좋아했던 요정을 찾아 헤맨다. 하지만 곳곳에서 제우스가 곁쐐기를 박는 바람에 둘의 만남은 끝내 이루어지지 못한다. 결국 달을 사랑했던 요정은 너무 지친 나머지 병이 들어 죽게 되고, 요정이 죽은 후에야 비로소 찾아올 수 있었던 달의 신은 눈물을 흘리며 요정을 땅에 묻어 준다. 뒤늦게야 자신이 너무했다는 생각이 든 제우스는, 그 미안한 마음을 자책하며 요정의 영혼을 달맞이꽃으로 만든다. 그래서 오늘도 달맞이꽃은 일편단심 달을 따라 함초롬히 꽃을 피우고 있다는 것이다.

어쩌다 조용히 어머니의 모습을 그려 볼 때에도 이 슬픈 전설이 가슴을 적셔 오곤 한다. 그것은, 달의 신이 요정을 찾아 헤매듯 이제 이승에서는 더 이상 함께할 수 없는 당신을 향한 그리움 때문인지 모르겠다. 달 뜨는 시각이면 어김없이 달마중을 나오는 달맞이꽃처럼 아들이 돌아올 시간이면 여부없이 아들의 밤 마중을 나오셨던 어머니, 내가 해바라기 꽃보다 달맞이꽃을 더 좋아하는 것은 아마 이런 까닭에서가 아닌가 싶다.

이제 그 때의 늑대도, 여우도, 개호주도, 도깨비도 그리고 처녀귀신도 죄 사라진 지 오래다. 하지만 나는 여전히 긴장의 끈을 풀지 못한다. 유괴다 폭력이다 사기다 뭐다 해서 세상이 너무 어둡고 흉흉한 일들로 뒤덮여 가기 때문이다. 별의별 사건, 오만 사고들이 어느 하루도 마음을 뒤숭숭하게 만들지 아니하는 날이 없다. 이런 사회가 무섭고, 이런 세태가 두렵다. 이 무서움, 이 두려움을 지켜 줄 달맞이꽃 어머니가 계시지 않으니 무엇으로 이것들을 이겨낼 수 있을 것인가.

어머니도 가시고 없는 이 풍진세계에서, 나는 얼마만큼 밝은 달이
되어 세상을 비추며 살아왔는지……. 기억의 필름을 되돌려 보면 그
저 부끄럽고 후회스러운 마음뿐이다.
　　해마다 선들바람이 불어오고 달맞이꽃이 다투어 피어나는 시절이
면, 달맞이꽃이 되어 아들의 귀갓길을 밝혀 주셨던 어머니가 그립다.
몹시도 그립다.

원근법

피아노로 연주되는 아리랑을 듣는다. '전통음악과 현대 악기의 만남'이라는 주제로 펼쳐진 조지 윈스턴의 아리랑 연주 발표회 녹화 음반이다. 여태껏 전통악기로만 들어오다 양악기로 바꿔서 들으니 전혀 색다른 맛이 느껴진다. 끊어질 듯 끊어질 듯 풀리어 나가는 유장한 가락이 시조창의 음률을 닮았다. 그 구성지면서도 애조 띤 곡조가 가슴속을 파고들자, 마치 감전이라도 된 듯 아릿한 정감에 젖어든다.

아마도 그래서이지 싶다. 몇 해 전, 세계 음악계의 거장들이 모여 지구상에 존재하는 노래 가운데 가장 아름다운 곡을 뽑는 자리에서 우리의 아리랑이 그 대상으로 선정된 일은 결코 우연이 아닐 것이다. 선정 과정에는 단 한 명의 한국인도 끼여 있지 않았다고 한다. 그로 미루어 보면 결과에 대한 객관적 신뢰성은 충분히 확보된 셈이다.

아리랑이 그처럼 훌륭한 노래인 줄을 미처 몰랐다. 오늘, 세상의 수다한 악기들 중에서 제일로 맑고 고운 음색을 지녔다는 피아노 선율에 실려 흐르는 아리랑을 듣고 있노라니, 그 이야기가 결코 빈말이 아님을 이제야 알 것 같다. 이렇게 빼어난 예술성을 지닌 노래임에도 여태껏 아리랑의 값어치를 제대로 깨닫지 못했음은 어인 까닭일까. 그건 아마도 공기처럼 늘 가까이에 두고 있는 때문은 아닐까. '우리 것이 좋은 것이여!'라고 외치던 어느 광고 카피에도 비로소 고개가 끄덕여진다. 그 좋은 것을 놔두고서 지금껏 물 건너온 신식 노래만 즐겨 듣고 부르고 음미할 생각을 했으니, 적이 스스러운 마음이 앞선다.

서른 몇 해 전 고등학생 시절, 추수 끝난 들판의 허수아비 같았던 그 때를 지금도 잊지 못한다. 당시 시골서 대처로 유학을 온 나는 고모 집과 그리 멀리 떨어지지 아니한 곳에다 자취방을 얻었었다. 그 때까지 한 번도 부모 품에서 벗어난 적이 없었던 얼뜨기가, 끈 떨어진 망석중이 신세가 되어 혼자 하는 도회지 생활은 외로움이 깊었다. 고모가 가까이 계셨다는 것은 낯선 환경에 낯가림 심한 내게 큰 위로가 되었고, 그래서 고모의 그늘을 의지 삼고 싶은 마음에 생쥐처럼 사흘돌이 그 집을 들락거렸다. 고모네 집이 비록 고향집만 하지는 않았어도, 허전한 가슴을 달래기엔 그나마 그런대로 괜찮았기 때문이었다.

　고모는 아들 둘에 딸 다섯을 두었는데, 그 딸들이 어쩌면 그리 하나같이 인물이 빼어났었던지 모르겠다. 누나들도 물론 그랬지만 여동생들은 더욱 예뻤다. 비록 최종적으로 입상은 못 했어도, 그 가운데서 둘이나 미스코리아 선발대회에 출전하여 본선까지 올라갔을 만큼 출중한 미모를 지녔던 것을 보면.

　그렇게나 아름다웠음에도 내게는 여동생들이 그처럼 예쁘다는 느낌으로 와 닿지 않았다. 그저 이웃의 아가씨들보다는 조금 반반한 생김생김 정도로 여겨졌을 뿐이다. 노상 만나선 책상머리에 이마 맞대고 앉아 공부하고 앞마당에서 장난치며 노닥거리다 보니 그 아름다움에 그만 무감각해지지 않았나 싶다. 우리처럼 밥도 먹고 화장실도 가고 한다는 사실을 알아 버린 순간, 별나라의 요정인 양 신비스럽게 여겨지던 여자 선생님에 대한 환상이 무참히 깨어지고 만 어린 날의 슬픈 기억과 비교가 어떠할까.

　남의 손에 든 떡이 더 커 보인다는 속담처럼, 무엇이든 남의 것은 더 좋아 보이는 게 사람의 심리인가 보다. 자기 집 정원에 피어난 장미는 정작 자신보다는 울타리 너머 행인들의 눈에 더욱 아름답게 비쳐지게 마련이다. 그것은 지금 그 떡이 내 손 안에 없기 때문이고, 그 장미가 그들과 멀찍이 떨어져 있는 까닭에서가 아닐까.

　사람들은 항용 『아라비안나이트』니 『일리아드』와『오디세이』니 『젊은 베르테르의 슬픔』 같은 작품을 세계적인 문학으로 꼽는 데 주저하지 않는다. 물론 여부가 없는 말씀이다. 그 작품들은 자타가 공인하는 불후의 명작이며 인류의 무가보無價寶한 정신적 자산이 아닌가. 그러기에 애당초 의혹의 눈초리에서 벗어나 있다.

여기서 나는 우리의 영원한 고전으로 일컬어지는 『춘향전』을 생각한다. 피 끓는 청춘남녀의, 신분을 뛰어넘은 순애보적인 사랑이야기를 그린 '춘향전', 지구상의 그 어떤 위대한 소설과 견주어도 결코 손색이 없을 이 훌륭한 작품을 두고는 왜 우리 스스로 세계적인 문학의 반열에 올리는 데 그리 인색해 하는지 의문부호를 달지 않을 수 없다. 거기에는 필시 작품 외적인 여러 이유가 있을 터이지만, 그 중 하나가 너무 가까이 자리하여 좋아도 좋은 줄을 깨닫지 못하는 인간 존재의 숙명적인 원시안遠視眼에서 연유하는 것이 아닌가 한다. 판소리가 그렇고, 민요가 그렇고, 사물놀이가 그렇고, 탈춤이 또한 그렇다.

우리는 일쑤, 남들은 하나같이 행복한데 유독 나만 홀로 불행하다고 여기는 경향이 있는 것 같다. 이웃의 삶은 마냥 화려 찬란해 보이는 반면, 내 삶은 일상의 무게에 짓눌려 허덕이는 비참한 생활로 비쳐진다. 이 세상에 고민 없는 사람이 누가 있으며 고통 없는 인생이 어디 있을까. 많든 적든 다들 고만고만한 고통과 고민을 안고 살아가는 것이 존재자의 일상일 터이다. 이치가 이러함에도, 역지사지를 헤아리지 못하는 그런 뒤틀린 생각이 노상 우리에게 낙담을 부르고 삶을 좌절하게 만든다.

이것은 어디까지나 착시현상이다. 동화 속의 이야기에서와 같이, 행복의 파랑새는 멀리 있지 않다. 항시 내 주변에 머물고 있다. 등잔 밑이 어두운 것처럼 쉽사리 눈에 뜨이지 않을 뿐이다. 그러다 막상 놓치고 나서야 비로소 그것이 진정 행복이었음을 깨닫고는 뒤늦은 후회로 한숨짓는다. 그런 작용의 중심에 원근법이 자리하고 있다. 인간세상의 수다한 불행은 이 어쩔 수 없는 원근법의 이치에서 연유한다고 한다면 지나친 표현일까.

지난날 예의 그 유학생이던 시절, 나는 타관객지의 쓸쓸한 자취방에서 싸늘하게 식은 밥덩이를 꾸역꾸역 삼키며 문지방을 타고 넘어오는 주인집 가족의 도란거리는 이야기 소리에 한없는 부러움을 가졌었다. 그 정겨운 화음에 울컥울컥 가슴이 메어 오곤 했다. 삼복더위로 몸과 마음이 지쳐 갈 무렵, 그들이 저녁상을 물린 뒤 냉장고에서 꺼내어 한 조각씩 베어 물던 무르익은 수박의 황홀한 때깔은 시간이 아무리 지나도 영원히 잊을 수 없는 스톱 모션으로 기억의 언저리에 고이 간직되어 있다.

그때 밀려드는 허기虛氣를 견디다 못해 이따금 시골집으로 달려갔을 때면 고향 마을은 아스라이 먼 곳에서 하나의 소실점이 되어 나타나고, 그 점 한가운데에 늘 어머니가 서 계셨다. 왈칵 눈물이 쏟아지는, 서럽도록 반가운 정경! 그 따뜻한 그림으로 나는 도회 생활의 허기와 외로움을 이겨낼 용기를 얻곤 했다.

세월이 흘러 막상 내가 예전 주인집의 주인공이 되어 살아 보니, 그것도 참 별게 아니라는 생각이 든다. 그것은 내가 그만큼 여유로운 생활 가운데 침몰하여, 지금의 소박한 행복을 깨닫지 못하고서 더 먼 곳에 있을 크고 화려한 욕망을 꿈꾸기 때문은 아닐까. 그래서 주렴계周濂溪 선생 같은 대문장가도, 연꽃은 멀리 두고 바라는 볼 수 있을지언정 만져서는 아니 된다고 했는지 모르겠다.

어디 연꽃뿐이랴. 밤하늘에 반짝이는 별무리처럼, 그 무엇이든 아득히 떨어져 있을 때면 죄 아름다워 보이는 법이다. 느지막한 퇴근길에 멀리서 새어나오는 내 보금자리의 불빛은 얼마나 포근하고 따사로운가. 아내와 아이들이 기다리고 있다는 생각만으로도 금세 일상사에 지쳐 찌든 마음이 흔흔히 위로 받는다. 우리는 늘 이 소박한 행복을 놓치고서 허둥대며 살아간다. 가까이 있는 아름다움은 쉽사리 눈에 들어오지 아니하므로.

무릇 세상살이가 하나같이 그런 것 같다. 사람들은 내남없이 자신도 모르는 사이에 그만 원시가 되어 버린다. 멀리 사는 친척보다 이웃사촌이 더 살갑듯, 사실 내 가까이에 있는 것들이 더욱 소중하고 더욱 값진 것일 수 있음에도 말이다.

이제부터 나는, 마음의 눈이 원시가 되지 말고 근시가 되고 싶다.

그리하여 길거리에 떨어져 있는 동전을 살피듯, 늘 주변에 흩어져 있는 소박한 행복을 살피며 세상을 살아가고 싶다.

어디선가 정선아리랑의 구슬픈 선율이 이명^{耳鳴}으로 귓전에 감겨 든다.

가만히 지켜보기

늦은 열한 시, 밤이 깊어가고 있다. 이층 서재에서 묵은 원고를 끄적거리다 잠자리에 들기 위해 아래층으로 내려온다.

언제나처럼 거실 쪽으로 눈길이 간다. 아내는 소파에서 이미 곤한 잠에 취해 있다. 쌔근쌔근 숨소리가 고르다. 전등이 켜진 채로 텔레비전은 그 때까지 저 혼자서 여전히 뭐라 뭐라 떠들어댄다. 텔레비전을 끄고 전기 스위치를 내려야겠다는 생각을 하다가 이내 마음을 거둔다. 아내의 단잠을 방해할까 저어되어서이다.

아내는 참 별스런 잠버릇을 지녔다. 매일같이 불을 환히 밝혀 두고 텔레비전을 틀어 놓은 채로 거실 소파에서 초저녁잠을 즐긴다. 그렇게 한숨을 푹 자고 나서는 그때서야 비로소 침실로 자리를 옮겨

본격적으로 숙면에 들어간다.

아내의 이런 잠버릇이 나는 늘 못마땅했다. 불이 켜진 상태에서 잠을 자면 여러 가지로 좋지 않다는 사실을 익히 알고 있어서이다. 무엇보다 국가 차원으로 봤을 때 비애국적인 행위가 아닌가. 연일 블랙아웃을 걱정하며 에너지 절약을 호소하고 있는 마당에 쓸데없이 전기를 소비하는 것은 그 어떤 명분으로도 정당화될 수 없는 노릇일 터이다. 게다가 이 같은 현실적인 문제는 차치하고라도 신체의 바이오리듬을 깨뜨리기 때문에 건강상 아주 나쁘다는 것은 익히 알려진 바이다. 잠 잘 때 쏟아지는 불빛은 우리 몸의 멜라토닌 분비를 억제해 암을 유발한다는 연구보고도 있지 않은가.

그래서 아내가 잠에 빠져 있으면 가만히 다가가 스위치를 내린다. 텔레비전도 끈다. 편한 수면을 취하게 해주려는 나대로의 배려에서다. 하지만 내가 아무리 고양이 발걸음으로 살그머니 스위치를 내리고 텔레비전을 꺼도, 아내는 어떻게 감지하는지 쿨쿨 코까지 골면서 자다가도 금방 알아차리고 반히 눈을 뜬다. 그러면서 전혀 생각지도 않게 버럭 화를 낸다. 자기는 그래야 오히려 잠이 잘 온대나 어쩐대나. 내 알량한 상식으로는 도무지 이유 같잖은 이유를 갖다 대는 아내의 변설에 그만 말문이 막혀 버린다. 그러면서 아픈 기억 하나가 뇌리를 스쳐간다.

오십여 년 전, 시골집에서 토끼를 키울 때의 일이다. 생전의 어머니는 어미가 새끼를 낳으면 보금자리가 불편할까 봐 한쪽 옆의 깔밋한 곳으로 자리를 옮겨 주었다. 어미도 어미지만 질척한 데서 눈도 제대로 뜨지 못하고 오글거리는 새끼들이 안쓰러우셨던 게다.

하지만 다음 날 아침, 전혀 상상도 못한 사태가 벌어지고 말았다. 어미가 새끼들을 한 마리도 남김없이 모조리 물어 죽여 버린 것이다. 지나친 관심이 오히려 역효과를 낸 결과였다. 딴에는 잘해 주려 한 어머니의 배려가 천성적으로 예민한 토끼에게는 엄청난 스트레스를 유발하는 행위일 줄 어찌 알았을까. 과잉친절. 과잉보호가 문제가 되는 것은 이런 경우를 두고 하는 이야기일 게다. 관심이 넘치면 화를 부를 수 있음을 나는 이미 그 어린 나이에 깨달아버렸다.

'헬리콥터 맘'이라는 신조어가 유행하고 있다. 헬리콥터처럼 계속 주위를 맴돌며 자녀의 일거수일투족에 사사건건 간섭하고 조종하려 드는 요즘 어머니들을 두고 일컫는 표현이다. 토끼를 향한 어머니의 행위도 헬리콥터 맘의 그것과 무엇이 다를 것인가.

대다수의 부모는 자신이 자식에게 걱정하고 챙겨주는 것을 사랑이라고 여긴다. 아이를 마치 새장 속의 새처럼 길들이려 애쓴다. 하지만 자식 입장으로서는 부모의 과도한 관심이 도리어 참견과 구속으로 느껴질 때가 많다. 정작 아이는 스스로 날고 싶어서 안달한다.

환하게 불을 밝혀 두고 텔레비전을 켜 놓은 채 단잠에 취해 있는 아내의 모습을 찬찬히 들여다본다. 홀시아버지를 모셔야 하는 집안

살림에다 아이들 뒷바라지며 직장 생활까지, 일상사에 지친 피로가 역력하다. 안쓰러운 마음에 살며시 이불을 끌어 덮어준다. 한숨 푹 자고 나면 나도 모르는 사이에 침실로 자리를 옮겨와 있을 것이다.

일쑤 잘한다고 한 일이 오히려 역효과를 낳기도 하는 걸 보면 참으로 어려운 것이 세상사인 성싶다. 자기 판단으로 행하는 관심과 배려가 타인에게는 간섭과 통제로 여겨질 수 있으니 말이다. 그냥 두고서 가만히 지켜보는 것이 상책인가 한다.

사람살이의 이치에 대해 골똘하다 보니 어느새 밤이 깊어가고 있다. 내일을 위해 어서 잠자리에 들어야겠다. 오늘 밤은 생각이 복잡하여 꿈자리가 많이 뒤숭숭할 것 같다.

가슴에 박힌 파편

    텔레비전 화면에 오래 눈길이 머문다. 서해 교전의 불상사를 되새기고 그로 인해 희생된 장병들을 추모하는 다큐멘터리 프로다. 아스라이 펼쳐진 수면이 어느 호수처럼 평온한 정경으로 다가오는 연평도 앞바다. 저기가 십여 년 전 이맘때 쯤 남북 간에 치열한 함상 충돌이 벌어져 아수라장이 되었던 곳이라고는 도무지 믿어지질 않는다. 그새 어언 강산이 바뀔 만한 세월이 지났다고 생각하니, 그 세월 한번 참 무심히 흐르는구나 싶다.

    꽃다운 청춘들, 침략의 무리들로부터 자유 대한을 지켜 내려다 몇몇은 채 피어도 보지 못하고 스러져 갔고, 몇몇은 육신에 총탄 파편이 박힌 채 오늘도 고통의 나날을 신음하고 있다. 대체 무슨 철천지

원수가 졌다고 그래, 우리는 동족끼리 이렇게 서로 총부리를 겨누며 으르렁거려야만 하는가.

이 피 어린 역사의 현장을 지켜보면서, 반세기 전의 그 참혹했던 겨우살이를 떠올린다. 빛바랜 한 장면의 흑백필름으로 남아 있는, 아비지옥 같은 비극에 부르르 몸서리가 쳐진다. 부모와 함께 나선 피란길에서, 잡은 손을 놓치고 울부짖는 어린 소녀의 영상이 망막에 흐려져 온다. 지금도 어느 하늘 아래에서 천애의 고아가 되어 지친 삶을 떠돌고 있을지도 모를 일이다.

한국동란이 얼마나 치열했으면, 깊디깊은 산간벽지의 절집마저 포화의 소용돌이를 비켜갈 수 없었던 것일까. 동화사 염불암念佛庵 큰법당 뒤편의 바위벽에 새겨진 석불 조각상에는 그때의 총탄 자국이 엊그제처럼 선명하다. 한국동란은 이렇게 이 산하의 등성이며 골짜기 골짜기에다, 이 민족의 가슴 가슴에다 천추에 씻을 수 없는 생채기를 내어 놓았다. 그로부터 몇 차례나 강산이 바뀔 만큼의 세월이 흘렀건만, 전쟁의 상흔은 곳곳에 남아 그날의 참상을 말없이 증언해 주고 있다.

내 고향마을에도 그런 사람이 산다. 가슴 언저리에 박힌 총탄 파편으로 하루하루를 힘겹게 부지해 가는 상이용사다. 그는 노래 가사에서처럼, 전우의 시체를 밟고 넘으며 포탄이 비 오듯 쏟아지던 전장戰場 속을 누비는 악몽에 아직도 가위눌리곤 한다고 했다. 눈비라도 내릴 것처럼 일기가 잔뜩 끄무레한 날이면, 평소 때보다 통증이 더욱 심해져서 밤잠을 설치기가 일쑤라고 하니 그 육체적, 정신적 충격이 얼마나 극심했으랴. 전쟁은 하마 오래 전에 끝이 났건만, 그에게는 이 동족상잔의 비극이 여전히 현재진행형으로 계속되고 있는 것이다.

전쟁 이야기만 나오면 나는 으레, 열두어 살 감수성 예민하던 시절에 전해들은 할머니의 한 맺힌 사연이 떠오른다. 그러면서 마치 감전이라도 된 듯 찌르르 가슴이 아리어 온다.

연합군의 승리가 임박한 가운데 전투가 막바지로 치달아 가던 무렵이었다. 그런 어느 겨울밤이었다고 한다. 하얗게 눈이 덮인 안마당에 환하게 달빛이 쏟아지고 있었다. 할머니는 곤히 잠에 취해 있던 당신의 큰아들을 다급한 목소리로 흔들어 깨우셨다.

"지금 네 형과 함께 잠시 몸을 피해 있거라. 나중에 무슨 일이 벌어질지 두렵구나."

흘끔흘끔 뒤를 돌아보며 멀어져 가는 노루처럼, 아들은 부스스한 얼굴로 영문도 모른 채 그 밤에 농민동맹청년위원장을 따라 정든 고향 마을을 떠났다. 할머니는 농민동맹청년위원장을 지낸 이가 바로 당신의 맏조카였던 탓에, 그와 연계되었을지 모른다는 마을사람들의 비난을 저어하여 지레 겁을 집어먹고는 당신의 큰아들을 그 편에 딸려 보내 버린 것이다. 그것이 마지막이었다. 그 길로 모자는 영영 생이별을 하고 말았다. 긁어 부스럼이라고, 가만 놔뒀으면 그만이었을 일을 공연히 사서 저지른 꼴이니 그 회한이 어떠했으랴.

그 때부터 할머니의 후반생은 제대로 내 날이다시피 산 세월이 아니었다. 그 일로 해서, 당신은 가슴에다 스스로 자책의 총탄 파편 하나 박아둔 채 평생을 회한 속에 몸부림치다 가셨다. 하얗게 달 밝은 밤 펑펑 눈이라도 쏟아지는 날이면, 돌이킬 수 없는 자책감에 마치 실성한 사람처럼 쾅쾅 가슴을 치고 머리를 쥐어뜯곤 하셨으니 그 아픔이 오죽하였을까.

감당할 수 없는 그리움으로 회한이 사무쳐 와, 차가운 눈밭에다 퍽 엎어져서는 꺼이꺼이 속울음을 삼키셨다. 할머니는 그것이 당신께서 저지른, 아들에 대한 잘못을 속죄 받는 길이라고 여기셨던 것 같다. 세월이 흐를수록 깊어진 통한은 응어리로 굳어져 심화心火가 되었고, 결국 풀어낼 길 없는 울증으로 인해 정명을 다하지 못하고서 한 많은 생을 접으셨다. 끝내 아들의 생사 여부조차 알지 못한 채……. 전쟁은 그렇게 우리 집안에 비극의 씨앗을 뿌려 놓고 말았다.

아니, 이런 비극이 어찌 우리 할머니뿐이겠는가. 모르긴 해도, 이 땅에 몸을 의지하고서 생을 영위해 가는 사람이라면 그 누구라도 마음의 파편이 내리누르는 이 통증으로부터 완전히 자유로울 수는 없으리라. 부모, 형제, 처자, 친지 가운데, 어떤 식으로 얽히고설키든 다들 한두 가지씩 그런 아픔들을 가슴 한 켠에 새기고 살아가는 것은 아닐는지…….

이제 와서 새삼 탓한들 무엇 하랴. 할머니의 잘못도, 큰아버지의 잘못도, 마을 사람들의 잘못도, 그 누구의 '잘못도 아닐 것이다. 이 민족의 운명적 비극이며 우리 역사의 돌이키지 못할 아픔일지니.

세상에 전쟁만큼 비참한 일이 또 무엇이 있을 것인가. 인간의 행실 가운데 가장 처절하고 가장 야만적인 짓이 전쟁이 아닐까. 그것도 피를 나눈 동족끼리 벌인 다툼이기에 더욱 애통하고 가슴이 쓰리다.

초연이 쓸고 간 깊은 계곡
깊은 계곡 양지 녘에
비바람 긴 세월로 이름 모를
이름 모를 비목이여……

이렇게 풀려 나가는 가곡 '비목'의 애조 띤 선율을 듣고 있노라면, 그 비감 어린 노랫말에 실려 어느 이름 없는 산골짜기에서 조국의 자유와 평화를 외쳐 부르다 스러져 간 무명용사들의 얼굴이 영상에 맺힌다. 그러면서 이내 가슴이 먹먹해져 온다.

지금 우리는 내남없이 그분들의 값진 희생에 빚지고 산다. 좋은 집, 예쁜 옷, 맛있는 음식, 안락한 차……, 이런 것들이 가신님들의 목숨과 바꾼 희생이 없었다면 어찌 가당키나 한 일이겠는가.

그 날의 아픔을 잊지 말았으면 좋겠다. 다시는 그런 비극이 생기지 않도록 기도하는 삶이어야 하겠다. 그러기 위해서 모두가 가슴에다 비장한 총탄 파편 하나씩을 새겨 두고 살아가야 하겠다. 이것이 님들의 거룩한 희생에 만분지일이나마 갚음하는 길이 되리라.

상념에 젖어 흘러간 역사의 골짜기를 더듬고 있노라니, 착잡해진 마음에 텔레비전 화면이 안개 속처럼 뿌옇게 흐려져 온다.

흘러간 시절의 삽화

해가 뉘엿뉘엿해질 무렵이다. 수성못 둑을 에둘러 난 산책길을 거닐고 있다. 못 동쪽 편 언저리에 자리한 둥지섬 주위로 오리들만 연신 자맥질을 해대며 물놀이에 여념이 없을 뿐 오가는 사람은 거의 눈에 띄지 않는다. 앙상한 겨울나무를 흔들고 지나가는 매운 바람살이 옷깃을 여미게 만든다. 삼월의 초입, 계절은 이미 봄철로 접어들었건만 봄을 생각하기에는 아직 이르다. 이렇게 스산한 날이면 흘러간 시절의 삽화 하나가 망막의 스크린에 펼쳐진다.

산책길을 면한 신작로 쪽에 세워져 있는 영업용 택시 한 대가 시야에 잡혔다. 유원지와 택시의 조합이 어쩐지 낯설어 보여 자꾸 그리로 눈길이 갔다. 중년 나이의 여인이 두어 살쯤 되어 보이는 사내아이에게 오줌을 누이고 있었다. 택시와 여인과 아이, 범상치 않은 광경이 빨아들일 듯 마음을 붙든다.

조용히 그리로 발걸음을 옮겼다. 차 안에는 초등학생으로 보이는 오종종한 여자아이 셋이서 뜻 모를 이야기를 재잘대고 있었다. 둘은 고학년, 하나는 갓 학교에 들어간 병아리 같았다.

여인에게 다가가 조심스레 말을 건네 보았다.

"아이들이 참 귀엽게 생겼네요."

흠칫 놀라는 기색이 역력하다. 그렇다고 경계하는 눈빛은 아니다. 살짝 건드리기만 하면 터져버릴 것 같은 눈자위의 그렁그렁한 물기가 여인의 현재 심사를 말해 주고 있었다. 그녀는 내가 건네는 인사에 대답 대신, 몇 번을 주저주저하다가 넋두리 반 푸념 반으로 고단했던 지난 삶을 쏟아내기 시작한다.

여인의 남편은 막내를 얻은 후 얼마 지나지 않아 원인 모를 병으로 돌아올 수 없는 곳으로 떠났다고 했다. 오종종하게 딸린 자식들과 함께 살아갈 길이 막막하여 한동안 눈물로 나날을 지새웠다. 하지만 엄혹한 현실은 마냥 그렇게 넋을 놓고 있을 수만은 없게 만들었다. 처녀 시절 한때 운전대를 잡은 경험이 있었던 여인은 다시 일을 나서기로 했다. 그러려니 어린 아이들, 특히 갓 젖을 뗀 막내가 문제였다. 어디 마땅히 맡길 만한 데도 없을 뿐더러, 설사 맡긴다고 해도 경제적 사정이 허락지 않았다. 궁리궁리 끝에 사내아이를 앞좌석에

태운 채 운전을 하기로 결심을 한다. 아이가 보육시설에 들어갈 나이가 될 때까지만 이라도 그렇게 하지 않을 수 없었다는 것이다. 지금은 사정이 많이 나아졌지만, 그 때 당시만 해도 홀보듬엄마가 아이를, 그것도 한둘도 아니고 넷이나 키운다는 것은 여간 힘에 부치는 상황이 아니었다. 참으로 딱해 보이는 사연에 짠한 연민의 마음이 일었다.

여인의 이야기를 듣고 있으려니, 불현듯 지난날 우리 가족이 아내의 직장인 보건진료소에 딸린 관사에서 살던 시절이 떠올랐다. 의료 취약 지역인 궁벽한 시골에 들어선 대민지원시설이다. 스무 평이 채 못 되는 크기에 진료실과 처치실을 제하고 나면 실제 생활공간은 형편없이 좁았다. 달랑 콧구멍만 한 방 하나에다 부엌이며 화장실, 붙박이장……, 그래도 있을 건 다 있다 보니 더욱 솔아져서 지내기가 여간 불편한 것이 아니었다. 겨우 무릎을 허용할 정도의 그 열악한 환경에서 두 아이를 낳고 키우느라 아내는 몹시 지치고 힘들어했었다.

생활의 불편은 그나마 나중 일이었다. 아이를 가졌을 때 치른 아내의 입덧은 두 번 다시 생각하고 싶지 않을 만큼 혹독했었다. 밥은 커녕 우유며 요구르트 같은 음료마저, 마셨다 하면 바로 토해버렸다. 심지어 보리차만 들어가도 즉각 거부반응을 일으켰으니, 그 고통이 얼마나 혹심했는지는 묻지 않아도 그림이다. 워낙 못 먹어내다 보니 몰골이 영판 빠짝 마른 명태 같았다. 다리가 꽈배기처럼 뒤틀리고

종아리에는 수시로 경련이 일어났다. 하루 이틀도 아니고, 한 달 두 달도 아니었다. 그러한 상황이 임신 기간 내내 이어졌다. 그러다 보니 서서히 기운을 잃고서 탈진 상태로 빠져들었었다. 한 생명이 세상의 빛을 보게 만든다는 절대자의 깊고 큰 뜻이 아니고서야 그만큼 먹어 내지 못한다면 그 누구든 벌써 이승의 사람이 아닐 것이리라.

그 때의 입덧 후유증으로 인해 아내는 지금도 몸이 온전치가 못하다. 조금만 서 있어도 금세 허리에 통증이 오고, 약간만 걸어도 이내 다리에 쥐가 나 괴로움을 호소한다. 지금 생각하면, 그나마 목숨을 지켜낼 수 있었던 것만 해도 그저 고맙고 감사할 따름이다. 그 서른 해 전의 일이 활동사진처럼 되살아났다.

이제 와서 내가 산책길에서 만난 이야기 속 여인의 심경을 얼마만큼이나 헤아릴 수 있을까. 지나고 나니 당시의 아득하고 울울했었던 사정이 꼭 남의 일 같이만 느껴진다. 그래서 우리네 삶이란 직접 겪는 사람의 몫이지 옆에서 바라보는 사람의 몫은 아니라고 하였는가 보다.

못에는 어느새 산 그림자가 반쯤 음영을 드리우고, 간간이 일던 잔물결도 잦아들었다. 줄곧 자맥질하며 물놀이를 가르치던 어미 오리는 새끼 오리들을 데리고 어둠 속으로 사라졌다. 다가올 밤, 여인과 오리 가족의 안식을 마음속으로 빌어주며 나도 보금자리를 향하여 발걸음을 옮긴다.

수면에 잠긴 거리의 가로등 불빛이 겨운 눈을 깜박거리며 졸음을 쏟아내고 있다.

행하당의 여름

    여름나기가 힘에 겹지 않은 해가 있을까. 여느 여름처럼 그저 그만 그만했을지라도, 막상 지내 놓고 보면 어느 해였든 그해 여름이 유달리 극성을 부렸던 것 같이만 느껴진다. 목마름이 심할 때면 으레 한 모금의 생수가 생각나게 마련이듯이, 삼복 무더위로 심신이 기력을 잃어 갈 무렵이면 마흔 몇 해 전 고향 마을에 있었던 원두막 '행하당 行夏堂'이 기억의 언저리를 맴돌곤 한다.

    행하당, 그 때 그해 여름 한 철을 나는 이 행하당에서 보냈다. 파도처럼 너울거리는 진청색 수박 넝쿨을, 파수병이 되어 지키고 서 있던 원두막의 이름이 바로 행하당이었다. 강산이 네 번이나 바뀌어 들 만큼 많은 세월이 흘렀건만 아직도 이 당호를 잊지 않고 추억의 곳간에다 고이 간직하고 있다. 그것은 그 이름에서 풍겨나는 멋스러움 때문이다. 행하당, 행하당, 부르면 부를수록 정감이 가는 분위기가 무엇보다 좋았다. 그 때 고작 열 살도 되지 못했던 어린아이가, 뜻을 익히기는커녕 혀를 굴리기에도 그다지 만만치 않은 당호를 사십 년도 더 지난 이 날 이때까지 머릿속에 담아두고 있다니……. 스스로 생각해도 참 기특하다 싶은 마음이 든다.

　지금 가만히 헤아려 보면, 그러나 행하당은 잘못 지어진 이름이었다. 갈 행行, 여름 하夏, 집 당堂, 글자 그대로 놓고 풀이를 했을 때 '가는 여름 집'이라는 뜻이 된다. 가는 여름 집, 모르긴 해도 원두막 주인은 애당초 이런 생각을 갖고서 그 당호를 짓지는 않았을 터이다. 모시적삼 차림으로 솔바람 향기를 즐기듯, 필시 멋스러운 여름나기를 위해 '여름을 보내는 집'이라는 의미를 담고 싶었을 것이다. 그리하려면, 제움직씨인 '갈 행'자 대신 남움직씨인 '보낼 송送'자를 써서 '송하당送夏堂'이라고 해야 한문의 성구 원리에 맞는다. 묵은해를 보내고 새해를 맞이한다는 뜻으로 쓰이는 '송구영신送舊迎新'이라든가, 손님을 떠나보내는 정자라는 의미로 지어진 '송객정送客亭' 같은 이름들만 보아도 이는 충분히 미루어 짐작이 가능한 일이다. 아니, 더 비근한 예로 '송년회送年會'니 '송별연送別宴'이니 하는 말은 써도 '행년회行年會'니 '행별연行別宴'이니 하는 말은 쓰지 않지 않는가.

　여하튼 좋다. 좀스럽게 어법적인 잘잘못 따위가 무슨 대수이랴.

행하당이든 송하당이든 그 이름이 문제가 될 것은 아니었다. 그저 듣기에 귀를 편하게 하고, 부르기에 목청의 울림이 자연스러우며 그리고 받아들이기에 마음을 기껍게만 해 주면 그만 아닌가. 행하당, 행하당, 행하당, 어쩐지 와자작 박하사탕을 하나 가득 깨문 입 안처럼 화하니 행복의 엔도르핀을 돌게 할 것만 같아서 자꾸 불러 보게 되는 이름이다. 번듯한 대갓집 사랑채도 아닌, 얼기설기 엮어 만든 홍부네 말집 같은 원두막에다 당호를 붙여 정신적인 호사를 부릴 줄 알았던 그 주인의 고아한 삶의 자세에 새삼 경의를 표하고 싶어진다.

그 해 여름, 바깥 날씨는 펄펄 달구어진 가마솥 같았어도 원두막에서의 시간 보내기는 그야말로 신선놀음이었다. 냉장고며 에어컨 같은 문명의 이기가 소용이 닿지 않을 천연의 피서지, 더위를 쫓는 덴 그저 큼지막한 방구부채 하나면 그만이었다. 게다가 솔솔 골짜기를 타고 불어내리는 산바람은 효능 탁월한 수면제가 되어 주었다. 명작 동화를 읽거나 방학 숙제를 하다가, 바람의 수면제에 취해 스르르 눈까풀이 풀려 버리곤 했다.

한참을 꿀처럼 달콤한 낮잠을 즐기고 깨어나면, 저녁 해가 뉘엿뉘엿 서산마루에 걸린다. 그사이에 펄펄 끓던 열기도 한풀 꺾여 있다. 기분 좋은 하품으로 부스스 눈을 비비며 수박밭께로 내려가서는, 이랑이랑 사이를 겅중겅중 건너뛰면서 파도타기놀이를 한다. 그러다 그것도 심드렁해지면, 어른 머리통만 한 수박 한 통을 뚝 따 와선 선홍

빛 상큼한 속살을 어썩어썩 베어 문다. 그러면 더위란 놈은 맥을 쓰지 못하고 저만치 물러났다.

흘러가 버린 것은 무엇이든 그리움으로 남게 되는가 보다. 특히나 그것이 고향 마을 굴뚝의 저녁연기 같은 정취를 간직한 사연의 경우에는. 행하당의 여름 이야기인들 어이 그렇지 않으랴. 푹푹 찌는 듯 가열^{苛烈}한 삼복염천 나기가 무에 그리 만만했을까마는, 이제는 다시 오지 못할 잃어버린 동화이기에 파스텔 톤의 수채화처럼 행복한 기억으로 착색되어 뇌리 깊숙이에 자리하고 있는지도 모르겠다.

섭씨 사십 도에 가깝게 수은주를 밀어 올리는 도시의 한여름, 그 불볕더위에 사방이 닭장처럼 꽉 막힌 실내에서 선풍기와 에어컨 소음으로 몸과 마음이 지쳐 갈 무렵이면, 사십 년 전 고향마을의 원두막 행하당에서 보냈던 그 여름이 문득문득 그리워진다. 그러면서 어느 유행가 가사에서처럼 감탄사 한 소절이 튀어나오곤 한다.

아, 옛날이여! 그 때 그 시절이여!

칠팔월에 내린 눈

한 장의 빛바랜 사진에 오래 눈길이 머문다. 멀리 낙동강 줄기 사문진나루터가 한눈에 내려다보이는 화원동산을 배경으로 찍은 흑백사진이다. 유유히 흘러가는 강물과 깊은 잠에 취해 있는 한 척의 거룻배, 그 앞으로 금빛 백사장이 그림같이 펼쳐져 있다. 저녁놀에 물든 아내의 입 언저리로 살포시 웃음기가 묻어난다.

단풍이 계절을 채색해 가던 구월의 어느 날이었다. 대구 시내 한 음식점에서 약혼식을 치르고 낙동강변의 화원유원지로 나들이를 갔었다. 살랑살랑 불어오는 강바람이 나비 떼가 되어 연분홍 가슴에 날아들었다. 계절로는 완연한 가을이었어도 마음은 온통 봄이었다.

그로부터 한 해가 지나서 우리는 부부의 연을 맺었다. 그때 아내의 나이 이십대 후반, 장밋빛 미래를 꿈꾸며 한창 화사하게 피어나고 있을 무렵이었다. 비록 가진 것은 없었지만 젊음, 그 하나로 눈부셨다. 인생의 꽃이던 시절이었다.

갓 신혼살림을 차렸을 무렵, 아내는 완벽주의자였다. 매사에 스스로 한 치의 어그러짐도 받아들이지 못할 만큼 철저하고도 치밀했다. 컴퓨터같이 정확하게 집안의 대소사를 꿰고 있는가 하면, 일단 한 번 머릿속에 입력된 사연은 영화 필름처럼 또렷하게 재생해 내었다. 그런가 하면 나물무침 같은 찬을 만들면서는 단 한 차례도 티끌이나 머리카락 같은 이물질이 나오지 않을 정도로 꼼꼼하기가 이를 데 없었다. 어떤 일에는 지나치게 동작이 굼떠서 외려 숨통이 막힌다 싶을 때도 있었다. 아내의 사전에 '대충대충'이라는 낱말은 아예 존재하지 않았다.

세월이 사람을 무디어지게 만드는가 보다. 그렇게나 세심하면서도 명민하던 아내였건만, 요즘 들어선 아랫도리에 걸치는 몸뻬바지처럼 헐렁해져 버렸다. 이따금 전혀 생각지도 못한 일을 저지르는가 하면 더러는 마음에 없는 소리로 사람을 당혹스럽게 만들기도 한다.

그저께 일만 해도 그렇다. 그 일을 떠올리면 한편으로는 입가에 미소가 번져나면서도 한편으로는 가슴에 멍울이 진다. 그러면서 뒤통수를 얻어맞은 듯 번쩍 정신이 든다.

시원스럽게 작달비 한 줄기 쓸고 지나간 그날 오후였다. 육촌 형님

댁에서 함께 저녁 시간이나 갖자며 초대를 해 왔다. 달포 전, 한국 동란 직후에 지어진 해묵은 시골집을 허물고 반듯한 양옥으로 개축을 하였다는 이야기를 아내로부터 들어서 알고 있었다. 그 새 보금자리의 집들이를 갖는다는 전갈이었다. 아버지가 외아들인 탓에 사촌이 없다 보니 평소 사촌 맞잡이로 가깝게 지내고 있는 터수이다. 반세기에 걸친 세월 동안 겨우 무릎을 허용할 만큼의 옹색한 오두막에서 거처하다 깔밋하고 널찍한 공간으로 삶터를 옮겨 앉았으니 얼마나 경사스러운 일인가. 몸단장을 서둘면서도 마음은 앞질러 진정 어린 축하의 메시지를 띄운다.

땅거미가 질 무렵에 방문하여 맛나게 저녁을 먹고는 이런저런 세상 이야기로 정담을 주고받다 보니 어느새 밤이 깊어가고 있었다. 창밖에는 중천에 걸린 달이 휘영청 밝았다.

작별 인사를 나누고 귀갓길을 재촉했다. 내가 현관에서 구두끈을 매는 사이 아내는 앞장서서 마당으로 나선다. 바로 그 찰나였다.

"하이고야, 눈이 하~얗게 왔네!"

느닷없이, 자지러지듯 강렬한 옥타브로 터뜨리는 아내의 감탄사가 현관을 가로질러 집 안으로 달려들었다. 그 소리에 놀라 용수철 튀듯 밖으로 뛰쳐나갔다.

"어디 봐요, 어디. 이 칠팔월에 웬 눈이지?"

상황을 눈으로 확인한 순간, 그만 헛웃음이 터지고 말았다. 그러면 그렇지, 염소 뿔도 물러 빠진다고 하는 삼복염천에 눈은 무슨 눈. 며칠 전 콘크리트로 산뜻하게 포장을 끝낸 마당 가득 휘황한 보름 달빛이 대낮처럼 흐뭇이 쏟아지고 있었다. 거기서 나는 세월 앞에 무너져 가는 아내를 보았다. 그것은 그 무소불위의 힘에 불가항력인 한 나약한 존재자의 모습이었다. 그러면서 원융한 보름달 속에 둥두렷이 떠올라 있는 할아버지의 얼굴이 선연히 그려졌다.

할아버지는 살아생전 논밭갈이 하는 농기계인 경운기를 두고서 언제나 '직공기'라고 부르셨다. 경운기라는 말이 뭐 그리 어렵다고 당신께서는 바르게 부르지 못하실까. 우리는 그런 할아버지가 참 답답해 보였었다. 아무리 직공기가 아니고 경운기라고 누누이 말씀을 드려도 종내 고쳐지지가 않았다. 결국 끝까지 경운기를 경운기라고 부르지 못한 채 할아버지는 영원히 돌아올 수 없는 길을 떠나시고 말았다.

어머니도 마찬가지였다. 어머니는 평생토록 플라스틱을 '플라티시'로 발음하였다. 젊은 사람들이 볼 때는 정말 아무것도 아닌 것을, 어머니는 끝내 바르게 표현하지 못했다. 플라스틱이 뭐 그처럼 까다로운 단어라고 옳게 발음할 줄을 모를까. 나는 그런 어머니가 시대에 뒤떨어진 구닥다리라며 타박을 해댄 못난 아들이었다.

"아서라. 플라스틱이면 어떻고 플라티시면 또 어떠냐. 그냥 알아먹을 수만 있으면 그만이지."

나름의 논리로 어머니는 부득부득 고집을 세웠다. 아니, 꼭 고집이 아니라 그건 어쩌면 세상의 도도한 흐름에 온몸으로 맞서 보려는 몸부림이었는지도 모른다.

어머니의 그런 우격다짐이 나는 늘 마음에 차지 않았다. 이승의 삶을 거두고 영원한 안식에 드시는 날까지 당신에게서 그 틀린 발음이 나올 적마다 옳게 고쳐 보려고 무던히도 애를 썼다. 하지만 조금치의 성과도 거두지 못한 채 종내 무위로 돌아가고 말았다. 그것이 무에 그리 대수라고 끝까지 바르게 돌려세우려고 안달복달하였던가. 이제 한 해 두 해 나이테가 감겨 가면서 어머니의 당시 심정을 십분 헤아리고도 남는다. 그러면서 좀 더 살갑게 대하지 못하고 소홀했음을 가슴 깊이 뉘우친다.

세월의 수레는 구르고 굴러 어느덧 나는 그때의 할아버지, 어머니가 되었고 아이들은 그때의 내가 되었다. 생래적으로 못 말리는 기계치이다 보니 새로운 전자기기만 나오면 미리부터 주눅이 든다. 컴퓨터나 휴대전화의 이런저런 편의장치는 한낱 그림의 떡에 불과하다. 수십 기가의 메모리 용량이 내게는 거의 무용지물일 뿐이다. 아이들의 능수능란하게 컴퓨터 조작하는 솜씨며 휴대전화 문자 보내는 속도에 마음속으로 감탄사를 연발하곤 한다.

달팽이관의 기능이 떨어져서일까, 아이들이 속사포로 쏘아대는 발음을 도무지 알아듣지 못하겠다. 마치 탈곡기 돌아가듯 왈왈거리는 소리에 두 번 세 번 묻고 또 되묻기를 거듭하는 수가 항다반사이다. 아이들은 나의 후렴이 귀찮은지 언제나 건성 건성으로 대답을 흘려버린다. 그럴 때마다 한편으론 야속하다 싶으면서도 한편으론 스스로의 용렬했던 지난날을 되돌아보게 된다. 그러면서 아! 나도 이제 나이를 먹었구나, 싶은 자각이 온다.

노래만 해도 그렇다. 랩뮤직이니 힙합음악 같은 최신가요를 입으로, 몸짓으로 따라 부르는 건 애당초 포기한 지 오래다. 똑똑 떨어지는 그 스타카토의 리듬은 아무래도 불편하고 불안하다. 그래서 두레상 가운데 놓고 젓가락 장단으로 흥에 취하던 박자 느린 흘러간 노래가 좋다.

아이들의 재기 발랄함을 도저히 따라잡을 재간이 없다. 영화 장면처럼 휙휙 바뀌는 세상사의 변화에 보조를 맞추려니 늘 숨이 가쁘다. 이럴 때 세월 앞에 장사 없다고 한 세상 사람들의 말에 절절히 공감하게 된다. 그 도도한 흐름을 어느 누구인들 거역할 수 있을 것인가, 그저 대자연의 엄숙한 질서로 알고 고개 숙이는 수밖에는……

예전 같았으면 아내는 예의 그 장면에서 칠팔월에 눈이 내렸다며 말도 안 되는 착각을 할 위인이 절대 아니다. 그리 똑 소리 나도록 여무졌던 사람이 그런 생뚱맞은 상황을 연출하는 걸 보면, 아내도 이제 늙어 간다는 확연한 증거이리라. 세파에 풍화되어 느슨해져 버린 아내의 모습이, 평소 살가운 말 한마디에 인색했던 내게 자책의 화살을 쏘아댄다.

　고개를 돌려 허공을 응시한다. 저쪽 멀리에 눈부셨던 우리의 젊은 시절이 무지갯빛으로 어른거린다. 잠시 울적하던 마음이 이내 흥그러워 온다.

　사람은 나이가 들면 칠팔월에도 눈이 내릴 수 있다. 그것은 가슴에 내리는 눈이다.

그 말 한 마디가

   고작 밥 한 번 사준 선배에겐 진심 어린 표정으로 "형 고마워"라고 감사를 표하면서 매일같이 따뜻한 밥 해 주시는 엄마에겐 귀찮다는 듯이 "물이나 줘"라며 무뚝뚝하게 내뱉고,

   여자 친구 생일엔 장미꽃 다발에다 선물까지 안기며 최대한 아양을 떠는 말로 "생일 축하해~!" 하면서 부모님 생신엔 전혀 관심조차 없었다는 어투로 "엄마, 생일이었어?"라고 반문하는가 하면,

   겨우 오 분 기다려 준 동료에겐 "죄송합니다. 늦었습니다."라고 깍듯이 사과를 하면서 평생 기다려 주고, 귀갓길 마중 나온 엄마에겐 "왜 나왔어?" 하며 퉁명스럽게 쏘아붙인다.

   극과 극의 대비적인 상황이 연출되는 가운데 마무리 멘트가 이어

진다. 부모님께 이런 말 해 본 적 있나요?

"고마워요 엄마!"

'말 한 마디가 효도입니다.'

이러한 줄거리로 엮어진 텔레비전 공익광고에 눈길이 멎는다. 광고는 평소 일상생활 과정에서 너무도 자연스럽게 행하고 있는 우리의 부끄러운 내면을 꼬집어 놓았다.

화면을 바라다보고 있으려니 뜨겁게 차오르는 회한의 감정으로 가슴이 울컥해 온다. 광고 속에 등장하는 중년의 여인은 바로 내 어머니이고, 대학생인 듯 보이는 풋풋한 청년은 다름 아닌 나이었기 때문이다.

어머니가 류머티즘관절염으로 삼십 년 세월을 시난고난하다 돌아올 수 없는 먼 길로 떠나신 지 어언간 스무 해가 흘렀다. 그렇게 고생고생하면서도 내 어린 날들을 끝끝내 무조건적인 사랑과 헌신으로 지켜 주셨건만, 지나간 시절을 되돌아보니 당신 살아생전에 고맙다는 말을 해 본 적이 단 한 번도 없었던 것 같다. 하다못해 생신 날 축하드린다는 한 마디조차 건네지 못했었다. 대신 허구한 날 툭하면 투정을 부리고 불평불만만 늘어놓을 줄 알았던 지지리도 못난 자식이었다. '고맙다'는 말 한 마디가 효도라는데, "어무이 고맙심더", 이렇게나 쉬운 그 말 한 마디가 뭐 그리 어려웠다고 그 말 한 마디에 그렇게도 인색했었을까. 날이 가고 달이 흐를수록 두고두고 회한만 더해 온다.

'부모불효사후회父母不孝死後悔', 우리가 평생을 살아가면서 뉘우치게 되는 열 가지 일 가운데 맨 첫 번째로 꼽고 있는 주자십회훈朱子十悔訓의 이 덕목에 가슴을 친다. 왜 진즉 깨닫지 못했던가. 옛 말씀 어느 하나 그른 것 있으랴만, 부모님 살아생전에 불효하면 세상 떠난 뒤에 후회한다는 가르침이야말로 만고불변의 진리가 아닐까 싶다. 사랑은 내리사랑이라는 말로 스스로 변명을 삼아 보지만, 아무리 그렇다손 치더라도 뼈저린 뉘우침이 남는 것은 어쩔 수가 없는 노릇이다.

어머니의 일생은 더도 덜도 아닌, '사모곡'이라는 대중가요 가사 속의 삶 그대로였다. 가난한 농부의 아내로 애옥살이 살림을 꾸려 가느라 허리 한 번 제대로 펼 날이 없었던 고달픈 생애였다.

"저녁노을 질 때까지 호밋자루 벗을 삼아…… 땀에 찌든 삼베 적삼 기워 입고 살으시다 소쩍새 울음 따라 하늘 가신 어머니……."

어찌 이리 잘도 그렸을까. 내 어머니가 영락없이 그랬다. 사무치는 회한으로 울부짖듯이 토해내는 가수의 애절한 목소리가 나의 심경을 고스란히 대변해 주는 것 같다.

고개 들어 허공으로 눈길을 보낸다. 저 멀리 어머니의 주름진 얼굴이 환하게 웃고 있다.

옛 생각

산골의 여름은 뻐꾸기 소리로 온다. 보리이삭이 패기 시작할 무렵, 세상의 풍경이 나른해지는 오후가 되면 저 멀리 산등성이 쪽에서 남편 잃은 청상青孀의 피울음처럼 뻐꾸기가 "뻐꾹~ 뻐꾹~" 처량하게 목청을 뽑는다.

무연히 턱을 괴고 앉아 허공으로 오래 눈길을 보낸다. 흘러간 날들의 정경이 주르륵 망막에 맺혀 온다. 마흔 몇 해 전 가수 조영남이 불렀던 〈옛 생각〉이 나도 모르게 입가에 흥얼거려진다.

"뒷동산 아지랑이 할미꽃 피면 꽃댕기 매고 놀던 옛 친구 생각난다. (중략) 모두 다 어디 갔나 모두 다 어디 갔나 나 혼자 여기 서서 지난날을 그리네."

가만히 노래 속으로 빠져들어 가고 있으려니 가슴에 싸한 바람이 인다. 삼십 년 전의 일은 낱낱이 기억되어도 눈앞의 일은 금세 잊어버리는 것이 노년의 특성이라고 하였던가. 이제 내일모레면 새 갑자를 맞이하는 나이가 되고 보니, 앞으로 다가올 날들의 꿈을 설계하는 시간보다 아득히 떠나간 날들의 기억을 더듬는 시간이 많아졌다.

하릴없이 동기회 명부를 뒤적거리는 것도 산골에다 보금자리를 틀고부터 새로이 생겨난 버릇이다. 누구는 지금 무엇을 하고 누구는 요즈음 어떻게 지내는지……. 다들 어느 하늘 아래에서 무슨 사연을 엮으며 살아가고 있으려나. 전에 없이 까까머리 적 동기생들의 근황이 자꾸 궁금해진다.

이가 빠진 것처럼 드문드문 비어 있는 자리가 눈에 들어온다. 영원히 돌아오지 못할 곳으로 삶터를 옮긴 탓에 이제 더 이상 옛정을 나눌 수 없게 된 벗들이다. 무엇이 그리도 급해서 황망히 떠나간 것일까. 그 이름들을 마음속으로 가만히 불러 본다. 어제의 모습인 양 선연히 떠오르는 그리운 얼굴들, 이 너르고 너른 세상천지에서 학창 시절을 함께 보낸 인연이 얼마나 지중한가를 생각한다. 지금 내가 세월의 힘에 떠밀려 나뭇잎처럼 하나씩 하나씩 져버린 그 이름들을 부르고 있듯, 나 자신이 훗날 그들의 대열에 합류하고 나면 누가 나의 이름을 불러줄 것인가. 갑자기 마음 자락에 왈칵 허허로움이 밀려든다.

울적한 심사를 추스르려 주섬주섬 옷가지를 챙겨 입고 산책길에 나선다. 파노라마로 펼쳐지는 동산과 바위, 나무들이며 시냇물은 예전 그 모습 그대로이건만 사람들이 머물던 자취는 너무도 많이 바뀌고 말았다. 흐르는 세월의 여울에 실려 속절없이 떠나가 버린 지난 시절이 손에 잡힐 듯이 다가선다. 배꼽마당 느티나무 아래 쪼그려 앉아 친구들과 함께 고누놀이 하며 세상을 배워 나갔던 어린 날의 영상이 눈앞에 어른거린다. 어느새 아득한 시간을 거슬러 여남은 살 그때의 나로 돌아가 있다.

요즈음 나는 시시때때로, 푸른 하늘빛을 받으며 천둥벌거숭이처럼 천방지축 쏘다녔던 고샅길을 동행 없이 거닐다가 등 뒤에 노을빛을 지고서 집을 향해 터덜터덜 발걸음을 옮기곤 한다. 그런 날엔 옛 생각에 잠기어 무지근한 통증으로 자주 마음의 감기를 앓는다. 그렇게 한 사나흘 끙끙 씨름을 하고 나면 언제 그랬느냐는 듯 툭툭 털고 일어나 다시 일상으로 돌아온다. 그 며칠간의 가슴앓이로 새로운 내일을 씩씩하게 열어 나갈 원기를 회복한다.

"힘내세요"

"힘내세요"

너누룩해진 하늘을 배경으로, 잠시 끊어졌던 뻐꾸기 소리가 메조 소프라노로 일상을 채근하고 있다.

가슴으로 그리는 수채화

　어쩌다 텅 빈 집을 종일 오도카니 혼자서 지키게 되는 날이 있다. 아내는 아침 일찍 직장에 출근을 하느라 서둘러 나가고, 아이들은 또 아이들대로 제각기 볼일을 위해 늦은 아침을 먹는 둥 마는 둥 하고는 썰물처럼 빠져 버린다.

　이런 날이면 책상서랍을 친구 삼아 뒤죽박죽으로 몸을 뒤채고 있는 잡동사니들을 뒤적거리기도 하고, 질서 없이 포개져 있는 묵은 책자들을 들춰 보며 턱밑까지 다가드는 무료를 달래곤 한다. 거기서 우연히 흘러간 시절의 빛바랜 사진이나 오래된 편지 쪽지 따위를 발견하게 될 때에는 까까머리 적의 옛 벗이라도 만난 것처럼 마음이 설렌다. 아니, 잃어버린 세월을 다시 찾은 듯 흔흔한 기분이 된다.

학창 시절 절친했던 벗에게 보내기 위해 쓴 한 통의 편지가 눈에 띄었다. 어떤 까닭으로 부치지 못하였던가. 잉크가 번져 흐릿해진 그 편지지에는 흘림체로 줄줄 갈겨 쓴 사연이 적혀 있다.

"경아,
지난 연말 네게서 전화가 왔었다는 말씀을 어머니로부터 들었다.
직접 목소릴 확인하지 못해서 섭섭했단다.
그 후론 다시 소식이 없어 궁금하구나.
무슨 특별한 일이라도 생긴 거니? 연말연시는 어떻게 보냈고.
난 '모임이 있으니 나와 달라'는 친구의 전화 연락도 뿌리치고
그냥 동생하고 둘이서 이야기나 하며 지냈다.
웬일인지 도무지 마음에 내키지가 않아서……"

그 모임이란 대체 무엇이었으며 친구는 누구였는지. 그리고 또 무슨 일로 마음이 심란해 있었던 것일까. 지금은 하나도 기억 속에 없다. 편지 말미에 '1980년 1월 14일'이라 기록되어 있는 걸 보니 벌써 삼십 년도 훨씬 더 지난 내용이다.

어떤 때는 레코드를 틀어 놓고 쇼팽의 '야상곡'을 음미하거나 사라 사테의 '지고이네르 바이젠'에 취해 보기도 한다. 가슴까지 차오르는 보랏빛 그리움 그리고 알 수 없는 충만감, 이건 무료한 시간이 아니

면 가질 수 없는 색다른 정감들이다. 이런 것들은 고단한 일상에 지쳐 나른해지는 내 빈약한 삶에 새로운 에너지를 불어넣어 준다.

군사정권의 철권통치와 자유민주주의에 대한 목마름이 힘겨루기를 했었던 암울한 시절, 그때는 내남없이 사람살이가 얼마나 힘에 겨웠던가. 그렇기 때문에 오히려 더 진한 그리움이 되어 기억의 창고에 차곡차곡 개켜져 있는지도 모르겠다. 이럴 땐 어김없이 고향의 정경과 지난 추억들이 떠오르고, 생각만 해도 벌써 가슴이 애잔하게 저려 온다.

그리움도 지나치면 병이 되는가 보다. 고향에 대한 그리움은 한두 살씩 나이가 들어 갈수록 점점 깊어지는 고질병이 되었다.

이것이 어찌 나 혼자뿐일까. 누구에게나 고향은 있게 마련이고, 그곳을 생각할 때만은 숨 가쁜 세상살이에서 한동안 잊고 있었던 옛 시절에의 그리움으로 두 눈 그득 눈자위가 그렁그렁해짐을 어찌 할 수 없으리라. 조는 듯이 서 있던 동구 밖의 아름드리 정자나무며 둘레둘레 퉁방울눈 굴리던 외양간의 황소며 집 안팎의 온갖 자질구레한 허드렛일로 거칠어진 거북손등의 어머니가 이따금씩 못 견디게 보고파지곤 한다.

힘에 부치는 세상살이에서 훌쩍 떠나 언제든 찾아가서 마음을 널 수 있는 고향이 있다는 것은 얼마나 고맙고 다행한 일인가. 고향 생각을 할 때면 누구 없이 금세 열두 살 동심이 된다. 우리들 일상사에서 얻는 내면의 잡다한 상처들은 그로 해서 적잖이 위로 받는다.

　오늘날 삶이 모래알처럼 각박해지다 보니 마음 푸근히 기댈 고향을 잃어버린 채 살아가는 이들이 너무 많아진 것 같다. 어디에도 뿌리를 내리지 못하고 바람 부는 대로, 물결치는 대로 이리저리 떠밀리는 부평초 같은 인생들, 그런 사람은 요행히 만금의 재물을 얻었다 할지라도 추수 뒤의 황량한 벌판 같은 공허감으로 가슴앓이를 할 수밖에 없을 성싶다. 그들의 삶은 이리저리 부유浮游하는 하루살이처럼 불안정해 보인다. 그러기에 고향은 누구에게나 다시없는 정신적인 안식처가 되어 준다.

　마음의 고향을 간직하고 살아가는 사람은 그만큼 가슴이 따뜻할 것 같다. 성정이 순후하고 웅숭깊을 것 같다. 고향이야말로 우리의 영원한 그리움의 연인이며 삶의 대지인 까닭이다.

　이따금 외로움이 깊어지는 날이면, 나는 고향의 정경을 담은 그림을 마음속에다 그려 보곤 한다. 그것은 가슴으로 그리는 수채화이다.

2

해질역으로 향하는 열차

세상에서 가장 맛있는 음식

대서大暑가 지나면서 여름이 절정을 향해 치닫고 있다. 벌써 한 주째 이어지는 열대야로 늘 수면 부족에 시달린다. 그러다 보니 모자라는 잠도 잠이려니와, 무엇보다 먹는 일이 제일로 고역이다. 혀가 깔깔하여 밥맛이 그야말로 모래알갱이 씹는 맛이다. 거의 사십 도에 육박하는 살인적인 가마솥더위와 연일 씨름을 하느라 이제 완전히 녹초 상태로까지 몰린 탓일 게다.

이럴 땐 무언가 좀 색다른 음식이라도 한번 먹어 봤으면……, 싶은 마음이 고래 아니면 굴뚝같다. 그런 심정은, 지난날 아버지가 상머리에서 버릇처럼 즐겨 꺼내시던 이야기 한 토막이 떠오르게 만든다. 그 생각에 젖어들 때면 절로 얼굴 가득 미소가 지어지면서 기분이 한결 여유로워 온다.

고향 동네 건넛마을에 입이 유별스럽게 짧은 사람이 살고 있었다고 한다. 어느 날 그가, 장가드는 아들의 상객으로 가게 되었다. 범절을 중히 여기던 예전엔 사돈 될 사람끼리라면 얼마나 조심스럽고 어려운 자리인가.

신부 집에서는 큰손을 맞느라고 갖은 정성을 다해 음식상을 차려 내었다. 보통 때는 꿈도 꾸지 못하는 가지가지 산해진미들이 입 안 가득 군침을 돌게 했다. 한 접시 당 한 젓가락씩만 집어서 맛을 본대도 배가 다 받아들이기에는 역부족일 만큼의 진수성찬이었다.

그처럼 성대한 반상飯床이었건만 어쩐지 그는 숟가락 놀림이 통 신이 나지 않았다. 몇 차례 수저만 들었다 났다, 체면상 먹는 시늉만 하다가 그예 상을 물리고 만다.

해가 뉘엿해질 무렵 털레털레 귀가한 그에게, 궁금했을 아내가 당연히 한마디 던져 보았겠다.

"여보, 오늘 사돈네 상객 대접이 어떻던가요?"

잔뜩 기대감을 안고 건넨 물음이었지만 돌아온 대답은 천만 뜻밖이었다.

"젠장, 뭐 하나 먹을 것이 있었어야 말이지."

'이상하다, 절대 그럴 리가 없을 텐데······'

도무지 믿을 수가 없었다. 아니, 도저히 믿기지가 않았다. 평소 남편의 성정이 까탈은 좀 심한 편이긴 하였지만, 설마하니 상객상차림이 그 정도까지 허술했으리라고는 상상도 못 할 일이었으니 말이다.

궁금한 것을 참지 못하는 심리는 인간 존재의 타고난 본성인가 보다. 그의 아내는 그 의문이 풀리지 않고선 좀이 쑤셔서 병이 나고 말 것만 같았다. 궁리궁리 끝에, 무례도 그런 무례가 없는 줄 알면서도 하는 수 없이 신부 쪽에다 인편으로 전갈을 넣어 보았겠다.

"여차여차해서 우리 집 양반이 거의 굶다시피 하고 돌아왔다는데 대체 어떻게 된 연유인가요?"

그랬더니, 그러면 그렇지. 시쳇말로 기둥뿌리가 흔들릴 정도로 정성껏 차려서 접대를 했는데 그게 무슨 소리냐며 되레 황당해 하더란다. 넉넉지 못한 집안 형편에도 귀한 손이라고 깍듯이 격식을 갖추었으니 그도 그럴 수밖에는.

'그것 참 요상한 일이다……?'

하도 미심쩍어 다시 남편을 다그치니, 남편의 입에서 떨어진 말이 참으로 걸작이었다.

"그 집에 가서 한번 알아봐라, 상에 비지 놓여 있었던가?"

재차 확인해 본즉슨, 과연 그랬다. 비지는 올리지 않았다는 것이다.

비지가 어떤 음식인가. 두부를 하고 남은 찌꺼기로 만드는 거친 먹을거리 아닌가. 귀하디귀한 손인 상객 상에다 비지라니, 마땅히 언감생심일 노릇이다. 이치가 그러한데도, 그에게는 이 비지야말로 그 어떤 먹을거리와도 견줄 수 없는 최고의 음식인 것이다. 결국 온갖 맛 나는 것 다 나왔지만 오로지 한 가지, 비지가 차려져 있지 않았으니 하나도 먹을 게 없다고 툴툴거린 것도 공연히 부려 본 트집은 아니리라.

물론 각박한 세상사에 한번 웃어 보자고 한 데서 어느 정도 부풀려진 이야기인지는 모르겠다. 하지만, 평소 먹고 입고 자는 일 가운데 특히 먹는 것에 유달리 까탈이 심한 나로선 아버지가 들려주시던 그 사연에 깊이 공감이 된다.

원체 타고난 신토불이 형의 체질이어서 일까. 아무리 근사해도 양식洋式으로 차려진 음식상에는 도무지 젓가락을 가져가 봤으면 싶은 마음이 내키질 않는다. 어쩌다 식구대로 피잣집이나 햄버거 가게, 스파게티 전문점 같은 곳에 들르는 날이면 나 역시도 배를 거의 곯다시피 하는 일이 상례이다. 그러다 보니, 자연 예의 그 이야기 속 주인공에게 동병상련의 심정을 갖게 되는 것일 게다.

세상의 오만 먹을거리들 가운데서 무엇이 가장 맛있는 음식일까. 이 물음에 대한 정답은, 당연히 '없다'이다. 아니, '모든 것이 다'일 수도 있다. 우리의 생김생김이 제각기 다르듯 그 답은 사람마다 달라서 백인이 백답일 수 있기 때문이다.

버적버적한 대나무 잎이 무슨 별맛이나 있을 것인가. 그런데도 대나무 잎을 주식主食으로 삼는 판다곰에게는 천하의 산해진미가 이 대나무 잎만 못할 것 같다는 생각이 든다. 개미핥기에게 있어 개미 이외의 피식자被食者들은 모두가 그저 그렇고 그런 정도의 먹을거리일 것임이 분명하다. 하기에 회식을 위해 찾게 된 중국요리점에서 누군가 호기롭게 "여기 짜장면으로 통일!" 하고 일방통행 식으로 내뱉는 주문은, 짜장면을 아주 좋아하지 않는 이에겐 정말 참기 어려운 고역이다.

볕을 쬐어 줘야 식물이 잘 자란다는 단편적인 지식에만 기대어 음지식물을 햇살 쨍쨍한 창가에다 내어 놓으면 결과가 어떻게 될까. 딴은 잘해 주려고 한 일이 도리어 저지레가 되고 말 것이 아닌가. 내가 좋아한다고 남도 똑같이 좋아할 것이라거나, 거꾸로 내가 싫어한다고 남도 똑같이 싫어할 것이라는 지레짐작은 참으로 자아류의 독단적인 발상이 아닐 수 없다.

무엇이 세상에서 가장 맛있는 음식일까. 잠시 눈을 감고 다시 한 번 같은 질문을 던져 본다. 사람들 가운데 열이면 여덟아홉은 서민들의 호주머니 사정으로는 감히 마음조차 내지 못할 제비집스프나 흰 송로버섯 따위의 희귀한 메뉴를 꼽을 것임이 틀림없다. 하지만 단언컨대 이 질문에 대한 답은 상상을 초월하는 그런 값비싼 요리가 절대 아니다. 비록 거칠고 소박한 먹을거리라 할지라도 각자 자기가 가장 좋아하는 것이 가장 맛있는 음식 아닐까. 그러고 보면 그건 결국 개개인의 호불호好不好 문제일 따름이다.

시골살이의 여름

여름은 시골의 계절이다. 도시의 빌딩숲이 겨울 빛깔이라면 시골의 들판은 여름 빛깔이라고 해도 좋으리라. 여름이라는 이 청춘의 계절이 존재하기에 시골살이에는 겨울의 무채색 권태를 상쇄시키고도 남는 낭만이 있다. 삼십여 년 세월을 도회의 시멘트 가루 마시며 살다 지쳐 낙향한 내가 새삼 얻은 하나의 깨달음이라면 바로 이것인가 한다.

오월의 신록이 제 소임을 끝내고 저만치 물러났다. 하루가 다르게 산천은 푸르름이 짙어진다. 융단처럼 깔리는 눈부신 초록, 거기다 한 차례 시원스럽게 소나기라도 지나가고 나면 땅 위에 넘실대는 녹음綠陰의 물결은 완전히 넋을 잃게 만든다. 살아 있음이 눈물겹다는 표현이 정녕 이럴 때 실감이 난다. 상추며 가지며 고추, 토마토, 오이……, 흠씬 목을 축이고서 다투어 키 재기를 하는 가지가지 채소들은 마음까지 풍성하게 해 준다.

온종일 대지를 달구던 해가 서산으로 꼬리를 감추면, 일찌감치 저녁술을 놓고는 방천으로 산책을 나선다. 예고 없이 마주치게 되는 무수한 개구리의 울음소리, 그들의 합창은 자연이 연주하는 웅장한 교향악이다. 산천이 떠나가도록 왁자그르르한 그 소리에 귀를 모으고 있노라면 절로 숙연한 마음이 된다. 진리에의 갈증으로 쉼 없이 외는 스님의 독경 소리와 짝을 찾으려고 밤새껏 구애하는 개구리 울음소리 중 어느 쪽이 더 절실할까.

고개를 젖히고 하늘 쪽으로 눈길을 보낸다. 금가루를 뿌려 놓은 듯 쉴 새 없이 반짝이는 은하가의 잔별들이 황홀한 향연을 펼치고 있다. 여름 하늘이 이처럼 아름다운 줄 미처 몰랐다. 이 밤, 별 바라기를 하며 하얗게 밝힌대도 그리 후회스럽진 않을 성싶다.

여름이 없다면 시골살이에의 행복한 꿈은 일찌감치 접어야 할지도 모르겠다. 모깃불 피워 놓고 살평상에 둘러앉아 먹는 밀국수 맛은 시골살이의 여름이 주는 즐거움의 진수가 아닐까. 그릇을 비우고 난 뒤 잘 익은 수박 한 쪽을 어썩 베어 무는 재미도 거기서 빠질 수 없으리라.

허공을 응시한 채 별들의 움직임을 하염없이 지켜본다. 그러고 있자니, 어머니 팔베개 베고 누워 밤하늘 저편으로 사라지는 별똥별을 바라보며 먼 미지의 세계를 향한 동경의 마음을 품었었던 어린 날의 기억이 습자지에 먹물 번지듯 되살아난다.

누구든 개구리 소리가 듣고 싶고 별빛이 그리운 이들이라면 시골에 한번 살아볼 일이다. 밤이 이슥하도록 개구리 소리에 취하고 별 바라기를 하며 전원에의 고운 꿈을 꾸어 볼 일이다.

세월의 강을 건너는 지혜

어슴푸레하게 미명에서 깨어나고 있는 시간이다. 지하철에서 내려 종종걸음으로 동대구역 구내를 들어선다. 세시풍속을 맞이하듯 이 따금씩 갖게 되는 상경 길이다.

조금 있으면, 서울행 열차가 진군나팔처럼 기적 소리를 날리며 플랫폼으로 들어올 것이다. 먼 타지로 여행을 떠나는 이들에다 근교 소읍으로 출근길에 나선 직장인들의 행렬까지 더해져 대합실은 벌써부터 부산스럽다. 채 가시지 않은 지난밤의 피로와 옷자락에 묻혀 온 새벽 공기의 활기가 뒤섞이며 한바탕 술렁인다.

왁자지껄한 사람들 틈바구니에서 어디선가 많이 본 듯한 낯익은 얼굴 하나가 시야에 들어왔다. 누군가를 찾고 있는지 줄곧 두리번두

리번 이쪽저쪽을 살핀다. 그러다가 힐끔 뒤를 돌아다본다. 순간 둘은 눈이 마주쳤다. 누가 먼저랄 것도 없이 우리는 단박에 서로를 알아봤다. 그는 긴한 회사 일로 지방 출장을 내려올 사람을 기다리는 중이라고 했다.

그와 거기서 다시 만나게 될 줄은 꿈에도 몰랐다. 그러고 보니 실로 이십여 년 만의 해후가 되는 셈이다. 전혀 어색해 할 이유가 없는 만남이었지만 어쩐지 어색한 조우였다.

우리는 두 손을 부여잡고서 그간의 안부를 물었다. 이런저런 말들을 주고받고 있어도, 대화는 망가진 나사못처럼 겉돌았다. 지난 세월 동안 둘 사이에는 이야깃거리의 공통분모가 거의 사라져 버린 것이다. 그 서먹함을 못 견뎌 하며, 마주보면서도 애써 눈길을 피하고 있었다. 그 사실이 나를 허허하게 만들었다. 하기야 허허하기로는 그도 마찬가지였으리라.

헌칠한 키에다 부리부리한 눈, 오뚝 선 콧대, 도톰한 입술, 빚은 듯 반반한 얼굴 윤곽, 잡티 하나 없이 해맑은 피부……, 한마디로 영화배우 뺨치게 수려한 용모의 소유자였었다. 어쩌다 햇볕 쨍쨍한 날 색안경이라도 척 끼고 나타나면 사람들이 다투어 그의 멋스러운 모습에 눈길을 빼앗기곤 했었다. 얼마나 준수한 생김생김이었으면, 같은 남자가 봐도 한순간에 반하고 남을 정도였으니까.

그랬던 그이였건만, 그새 몰라볼 만큼 몰골이 일그러져 있었다.

바로 세월 탓이었다. 세월이 사람을 그렇게 바꾸어 놓을 줄은 미처 몰랐다. 임금 왕王자로 깊게 골이 진 이마의 주름에다 눈가의 잔주름까지 더해지고, 분을 바른 듯 뽀얗던 피부에는 거무튀튀하게 그늘이 드리워졌다. 그나마 예전의 모습을 그대로 간직하고 있는 부위라곤 오뚝한 콧날 정도라고나 할까. 변해도 변해도 어찌 이렇게까지 변할 수가 있단 말인가. 세월 앞에 장사 없다던 옛 어른들의 말씀이 바람처럼 가슴을 훑고 지나갔다.

그는 대구에서는 알부자로 소문이 났던 D학원 이사장의 친동생이었다. 그 덕분에 당시로서는 웬만해선 꿈도 꿀 수 없었던 오스트리아 빈으로 유학까지 다녀와, 장래가 촉망되던 젊은 음악도로서의 길을 걷고 있었다. 외국 물을 먹어서였던가 보다. 세련된 몸가짐에서는 범접하기 어려운 귀공자풍의 고상한 분위기가 배어났다. 이따금 기분이 오르면 평소 자신이 즐겨 부르던 아름다운 가곡이며 오페라 아리아들을 들려주곤 했었다. 가슴을 적시는 깊고 그윽한 바리톤의 음색이 매력적이었다.

그가 주섬주섬 안주머니를 뒤지더니 뭔가를 건네 온다. 명함이었다. 금박으로 옷을 입힌 고급스러운 디자인의 그 명함에는 '○○실업 대표'라는 직함이 선명했다. 무슨 일을 하는 회사일까. 와락 궁금증이 목구멍까지 올라왔지만 끝내 물어 보지는 않았다. 달갑잖은 질문으로 혹여 가슴 아픈 추억의 현을 건드려 놓을까 봐 저어해서이다.

그는 사업체를 꾸린 지가 하마나 십 년이 넘어 되었다고 했다. 그 말 속에 어딘지 모를 아쉬움이랄까 회한 같은 것이 묻어났다. 한때 그가 꿈꾸었을 세계적인 음악가로서의 길은 이제 그만 완전히 접고 말았는가 보다. 돈 버는 일과 돈 쓰는 일, 무엇이 그로 하여금 삶의 길을 그렇게 N극과 S극으로 바꾸어 놓도록 만들었을까. 음악 하는 것이 돈 안 되는 일임을 알아차리고서 일찌감치 삶의 운전대를 반대 방향으로 틀어 버렸는지도 모르겠다.

그는 바로 나의 거울이었다. 누가 나를 대하고서도 사람이 어이 저리 변한 거지?, 돌아서서 쑥덕거리지 않는다는 장담 할 수 있을까. 스스로는 늘 보는 그 얼굴 그 모습으로 여기고 있을지라도, 정작 시나브로 몰골이 사그라져 왔을 터이니 말이다. 하기야 자꾸만 어깻죽지가 처지고 한 해가 다르게 팔다리의 근력이 떨어진다. 게다가 기억력마저 눈에 띄게 감퇴되어 간다.

그는 나의 거울이 아니기도 했다. 글을 쓰는 일이 음악 하는 삶처럼 애당초 돈하고는 거리가 먼 것임을 깨치고 난 뒤에도, 수십 년 세월을 우직스레 붓대 하나 거머쥐고 버티어 왔으므로. 그리고 어쭙잖은 다짐 같지만, 앞으로도 이 붓대를 놓아 버릴 일은 결코 없을 것이라고 감히 자신할 수 있기 때문에.

이마의 주름은 세월이 새겨 놓은 인생의 인장印章이다. 그 인장에는 한 인간의 기쁨이며 슬픔, 고뇌며 환희의 순간순간들이 고스란히 기록되어 전한다. 그것은 문자로 쓴 그 어떠한 기록보다도 확실한 그의 삶의 이력이다. 이 이력의 밭고랑에 서서 휘적휘적 넘어온 시간의 언덕을 뒤돌아보노라면, 한편으론 뿌듯하기도 하고 한편으론 허망해지기도 한다.

제 아무리 하고 싶은 것, 즐기고 싶은 일 마음껏 하고 즐기며 지내왔어도 막상 생의 종착역에 이르러 회한 없을 인생이 어디 있으랴. 회한이야말로 인간 존재의 근원적 조건인 것을……. 다만 섭리 앞에 고개 숙이고서, 내일 홀쩍 이 세상을 떠나갈지라도 담담히 받아들일 수 있어야 하리라. 이것이 세월의 강을 건너는 지혜인가 한다.

사람들의 물결을 헤치고 그가 저만치 멀어져 간다. 그 뒷모습을 멍하니 지켜보고 서 있다. 안개가 서린 듯 눈앞이 흐려져 온다.

고독해서 외롭지 않다

산골의 겨울 해는 유난히 짧다. 동지 어름에는 오후 다섯 시만 되면 벌써 어둠살이 내리기 시작한다. 그리고는 채 한 시간이 지나지 않아서 장막을 둘러치듯 정적이 사방을 휘감는다. 가물에 콩 나듯 지나다니는 자동차의 통행도, 사람들의 움직임도 끊기고 나면 다음 날 늦은 아침까지 긴 적요寂寥가 이어진다.

서둘러 저녁을 끝내는 것으로 하루 일과를 갈무리한다. 모과차 한 잔을 받쳐 들고 거실 가장자리의 벽난로 앞에 앉는다. 손바닥으로 전해져 오는 사기잔의 따사한 감촉이 오달지다. 너울너울 타오르는 장작의 불꽃을 하염없이 바라다보고 있노라면 상념의 타래가 가닥가닥 풀려난다. 지나간 시간의 영상들이 일렁이는 불길을 따라 파노라마처럼 펼쳐지고, 보랏빛 그리움이 물안개 번지듯 피어오른다.

이웃이 귀한 산골 생활에서는 적막이 둘도 없는 이웃이다. 하기에, 적막을 물리치려 애쓰는 것은 좋은 이웃을 내치려는 어리석은 짓이다. 적막을 벗으로 삼을 때 그는 오히려 살갑게 다가온다. 그래서나는 날마다 밤마다 적막과 친해지는 법을 배운다.

산골에서는 시간도 적막과 동무하고 싶은지 느릿느릿 흐른다. 날이 가고 달이 바뀜을 물리적인 시간으로 알아차리기보다는 나달이달라지는 풍경으로 깨닫는다. 도시 사람들이 노루처럼 분초를 다투며 출퇴근 시간에 쫓겨 허둥댈 때, 산골 사람들은 달팽이 걸음으로앞마당을 어슬렁거리면서 그 시간의 한유閑裕를 즐긴다. 이것이야말로 산골에서 살아가는 이들이 누릴 수 있는 무가보無價寶의 호사다.

시간이라고 해서 다 같은 시간은 아니다. 어떤 시간은 의미가 있고 어떤 시간은 무의미하다. 그 의미 있는 시간이란 적요 가운데 침잠하여 고독을 씹으며 생의 가치를 궁굴려 보는 시간이다. 그에 반해, 개미 쳇바퀴 돌 듯 되풀이되는 일상에서 외로움으로 몸부림치는시간들은 무의미한 시간일 터이다.

혼자 지내는 것을 못 견뎌 하는 이들은 고독을 모른다. 고독을 모르다 보니 자연 외로움을 탄다. 여럿 가운데 있어도 쓸쓸한 감정으로마음의 빈곤을 느끼는 것이 외로움이라면, 혼자 있으면서도 흔흔한기분으로 내면의 충일감에 젖어드는 것이 고독인가 한다. 외로움이 그

것을 견뎌내는 것이라면 고독은 그것을 즐기는 것이다. 남들은 외로움을 애써 피하려 하지만, 나는 고독을 굳이 사서라도 간직하고 싶다.

고독은 사유의 집이다. 고독 속에서 사유의 타래가 누에 실처럼 풀려 나온다. 나는 내게 주어지는 이 사유의 시간을 숙성시켜 영혼을 살찌우는 자양분을 공급 받는다. 그러면서 이따금씩 생의 본질에 대한 어쭙잖은 깨달음을 고독으로부터 얻는다.

"인류에게 유익한 그 무언가 경이로운 것은 모두 정금과도 같은 순도 높은 자기만의 시간에서 탄생한다."

장석주 시인의 산문집 『고독의 권유』에 나오는 구절이다. 여기서 시인이 말하고 있는 '자기만의 시간'이란, 책의 제목이 보여주듯 틀림없이 고독을 두고 일컫는 이야기일 게다. 시인은 고독에 대하여 그렇게 의미를 부여해 놓았다. 모르긴 모르겠으되, 미지의 독자들에게 굳이 고독을 권유까지 하고 있는 양으로 미루어 살피면 아마도 시인 또한 자기 스스로도 평소 고독을 먹고사는 분이리라.

대도시의 숨 막히는 팽팽함과 복닥거림에 넌덜머리가 나 도망치듯 산골로 자발적 소외를 결행한 것이 엊그제 같은데 올해로 벌써 다섯 해째의 겨울나기에 들어갔다. 꽃과 나무, 바람과 새소리를 벗하며 지내는 지금의 내 생활이 딱 시인의 표현 그대로이다.

어제도, 오늘도 나는 고독하다. 내일 역시도 당연히 고독할 것이다. 고독해서 하나도 외롭지 않다, 정말이지 병아리 눈물만큼도.

첫눈 오는 날

창밖에 눈이 내리고 있다. 올해 들어서 오는 첫눈, 말 그대로 서설이다.

아침나절엔 하늘 아득한 허공에서 까만 점으로 하나씩 둘씩 흩날리더니, 정오 무렵이 되자 제법 발이 굵어지다 이내 함박눈으로 바뀌어 펑펑 쏟아진다. 입동 추위에 바르르 떨고 서 있던 앙상한 겨울나무들이, 금세 순백의 화사한 드레스로 갈아입고서 우아한 자태를 뽐낸다.

사방이 온통 회색 빛깔의 시멘트벽으로 갇힌 삭막한 도회의 공간에 눈마저 없다면, 이 저승과도 같은 계절이 얼마나 더 쓸쓸하고 아득하랴. 이렇게 눈이 내리는 날이면, 다시 맞은 동장군의 위세에 눌려 그동안 잔뜩 움츠려 있던 가난한 마음이 어느새 푼푼해지고 잃어버렸던 생기를 적으나마 되찾게 된다. 그러면서 차곡차곡 개켜져 있던 추억의 필름이 한순간에 풀려나, 마력魔力처럼 지난 시절의 아련한 그리움에 젖어들곤 한다.

눈이 많이 내리면 고향 마을 뒤편 산자락에 빼곡하게 들어차 있던 대나무들이 눈의 무게를 이기지 못해 궁륭형으로 휘어진다. 그렇게 해서 자연스레 터널이 생겨나곤 했었다. 조물주의 솜씨가 빚어내는 천연의 동굴, 개구쟁이들은 이쪽 끝에서 저쪽 끝까지 넉넉히 일 킬로미터는 됨 직했던 그 대나무 동굴을, 끼니도 잊은 채 너구리처럼 쏘다니며 날 저무는 줄 모르고 놀이에 빠졌었다. 그 놀이란 항용 숨바꼭질이며 기차놀이며 까막잡기 같은 그런 것들이었다.

어떤 때는 무릎 위까지 푹푹 빠지는 눈 속을 헤치면서 토끼몰이를 한답시고 온 산자락을 이리저리 겅둥겅둥 쏘다니던 날도 있었다. 그 시절은 어찌 그리도 눈이 많이 내렸을까. 은빛 설원을 노루 새끼마냥 뛰어다녔던 어린 날의 기억들이 다시금 새롭다.

그렇게 하루 온종일을 누비었건만 토끼란 놈은 단 한 마리도 손에 넣어 보지 못했던 것 같다. 지금에 와서 곰곰이 생각해 보면, 그때 우리 고사리 손에 녀석들이 사로잡히지 않았다는 사실이 오히려 얼마나 다행스러운 일인지 모르겠다. 모든 생명의 움직임이 일시에 멈추어져 버린 한겨울의 고단한 나날들, 그냥 내버려두어도 그 위세 앞에 저절로 꺾이고 말지도 모르는 가녀린 목숨들이 아닌가. 그걸 차마 어떻게 쫓아다니면서까지 해할 수 있었으랴.

내 일찍이 마음의 정처를 잃어버린 채 도회의 변두리를 어설프게 맴돌기 시작한 지도 벌써 서른 몇 해가 되어 간다. 그 사이 한 해에 적어도 몇 차례씩은 눈 내리는 광경을 보아 왔다.

하지만 마음이 부쩍 수척해져 버린 탓일까, 엄연한 생활인이 되어 바라보는 도회에서의 눈은 이제 더 이상 가슴 설레는 낭만이 못 된다. 언제부터 도시의 눈이 이처럼 따뜻한 정감을 잃은 앙상함으로 우리의 뇌리에 각인刻印되어 버렸는지……. 눈이 많이 내려 쌓이면 직장인들은 미리부터 다음 날 출근길 걱정을 해야 하고, 가게를 꾸려 가는 사람들은 손님이 들지 않을까 봐 울상을 짓는다. 하루 벌어 하루를 먹고살아야 하는 달동네의 가난한 사람들에게 이런 날은 또 얼마나 서글플 것인가.

거리의 자동차는 애물단지가 된다. 빙판이 된 도로 위를 달리던 크고 작은 차량들이 곳곳에서 접촉사고를 일으키면 거리는 아수라장으로 바뀌고 만다. 이럴 땐 차 안에 갇힌 채 오도 가도 못하고 길거리에서 아까운 시간을 허비하며 동동거려야 하는 일이 다반사이다.

잠시나마 마음을 푼푼하게 해 주던 은빛세상도, 그렇다고 오래 머물러 주지 않는다. 도로가 금세 시커먼 흙탕물로 질퍽질퍽해지고, 거리의 사람들은 그 눈물(雪水)세례를 받을까 봐 찻길 바깥으로 멀찍이 비켜나야만 하는 불편을 감수하지 않으면 안 된다. 낭만을 거부하는 이 도시의 삭막함, 일상의 삶에서 그렇게 편리를 선사하던 물건이 어느 순간 팽개쳐 버리고 싶도록 거추장스런 존재로 바뀔 수 있다는 가르침을 눈은 소리 없이 우리에게 전해 준다.

호기심 가득한 어린아이 적의 눈으로 바라보았던 지난날의 눈과 세파에 찌든 어른의 눈으로 바라보는 오늘의 눈이 다르고, 시골 고향 집에서 맞이했던 눈과 도시의 시멘트벽에 유배당해 맞이하는 눈이 또 다르다. 예나 지금이나 모양과 빛깔은 똑같은 그대로의 눈이건만 그 정감이 한결같지 않음은 어인 까닭인가. 그동안 우리는 고이 간직했어야 할 소중한 것들을 잃어버리고 마음의 공허를 헤매며 지내 온 것은 아닐까. 없어도 좋을 잡동사니들만 잔뜩 움켜쥔 채, 정작 있어야 할 무엇인가는 놓치고 살아가기 때문은 아닐까.

경제적 풍요는 우리의 삶을 하루가 다르게 편리, 편리 쪽으로만 길을 터 주었다. 자동차며 컴퓨터며 휴대전화며 로봇……, 하나같이 얼마나 편리를 앞세운 문명의 이기체(利器)들인가. 이것들은 현대판 요술 방망이이다. 이 요술방망이들은, 가고 싶고 갖고 싶고 하고 싶고 시키고 싶은 대로 득달같이 대령한다.

하지만 그 편리는, 대신 은근한 기다림의 기쁨을 빼앗아 가고 말았다. 지나치게 기계적인 만남과 헤어짐, 쉽게 달아올랐다 금세 식어 버리는 사랑이며 결별, 이 같은 현대인의 까칠한 삶이 사람과 사람

사이를 힘에 부치게 만든다. 기다림의 의미 같은 걸 잃어버린 탓일 게다.

편리는 사람의 풍요한 감성을 소리 없이 망가뜨리는 치명적인 독소다. 산짐승들이 올가미에 갇혀 서서히 명줄이 끊어져 가듯, 사람들은 편리라는 독소에 갇혀 시나브로 끈끈한 정을 잃어가고 있다.

인간은 문명이라는 단물을 완전히 외면하고 살 수는 없는 존재인가 보다. 편리만큼 사람을 매혹시키는 당의정이 또 무엇이 있을까 싶다. 하지만 세상살이 과정에서 더러는 불편함도 필요할 때가 있다. 여기서의 불편함이란 어쩌면 느림의 의미 같은 것이라고 해도 좋겠다. 도시의 삶은 이러한 불편함 혹은 느림을 도무지 용납하지 않는다. 그런 삶은 지독한 매연처럼 늘 우리의 숨을 가쁘게 만들고 여유로움이 자리할 공간을 없앤다. 그러기에 조금은 느려서 불편하다 해도 그 때문에 오히려 마음이 푸근히 쉴 수 있는 곳, 그런 정신의 안식처를 우리는 목말라 하는지도 모르겠다.

눈이 내리는 날이면 남들은 기분이 한껏 들뜬다 하지만, 나는 외려 일상의 수선스런 마음이 차분히 가라앉으면서 이내 침잠의 세계로 빠져들곤 한다. 이것이, 한두 살씩 나이 들어가면서 요사이 내가 눈을 대하는 나름의 정서인 것이다.

허리는 폈지만 허리가 굽은 사람

저쪽 멀리서 경운기 한 대가 털털털털 요란한 소리를 내며 다가온다. 처음엔 윤곽선만 희미하던 것이, 차츰 거리가 가까워지자 실체가 확연히 드러났다.

누구인가 싶었더니 먼 친척뻘 되는 아재다. 젊은 날의 그리도 건장하던 풍골은 간곳없고, 북어처럼 몸집이 바짝 쪼그라들었다. 거기다 허리까지 낫 모양으로 굽어 있다. 그 모습이 안쓰러움을 자아낸다.

얼마나 가난이 한이 되었으면 몸이 망가지는 줄도 모르고 죽어라 일에만 매달렸을까. 덕분에 서 발 막대 저어 봐야 짚 검불 하나 걸릴 데 없던 살림살이는 몰라보게 좋아져서 이제 허리는 펴고 살게 되었다. 하지만 그 반대급부로 꼿꼿하던 허리가 하늘을 모르고 지내야

할 만큼 꼬부라져 버렸다. 그런 불편한 몸으로도 여전히 경운기를 모는가 하면 비닐하우스를 설치한 딸기밭에서 종일토록 작업에 매달린다. 성한 사람보다 더 재바르니 혀가 내둘릴 정도이다. 아재는 어쩌면 그것을 행복이라고 여기고 계실는지 모르겠다. 백인이 백색인 것이 사람의 생각이며 가치관 아니던가.

물론 삶을 꾸려 가는 데 있어 일이 참 중요하다는 사실이야 두말할 필요도 없으리라. 하지만 적당히 몸을 돌보면서 쉬엄쉬엄 해 나가는 것이 보다 현명한 인생살이의 자세 아닐까. 사람이 너무 먹을 것 안 먹고 입을 것 안 입고 꾸벅꾸벅 일만 해서도 곤란하다는 세상사의 이치를 아재의 기역자로 꺾인 허리가 웅변으로 말해주고 있다.

신외무물身外無物이라고 했다. 돈을 잃는 것은 조금 잃는 것이고, 명예를 잃는 것은 많이 잃는 것이며, 건강을 잃는 것은 모든 것을 잃는 것이라는 말도 있다.

정말 그런 것 같다. 세상 그 무엇보다 몸이 보배다. 천금의 재물을 지니고 있은들, 명예가 아무리 높다 한들 건강 하나 잃어버리고 나면 그것들이 다 무슨 의미가 있을 것인가.

여든에 가까운 연세이고 보면, 일제의 학정과 6·25전쟁을 온몸으로 부대끼며 겪어 낸 세대이다. 게다가 부모한테서 물려받은 재산 한 푼 없이 스스로 일어서려니 몸이 열 개라도 모자랐을 것이다. 한번 남부럽지 않게 살아 보는 것에 포원이 져서 미처 몸을 돌볼 생각 자체를 갖지 못했을 것임이 분명하다. 그 대가로 아재는 곱사등 같은 척추를 훈장처럼 달고 지내야만 한다.

허리는 굽었어도 다른 데는 그다지 불편한 곳이 없는 모양이다. 그나마 다행이다 싶다. 이제 충분히 먹고살 만한 형편이 되었으니, 억척스레 매달려 온 농사일은 그만 내려놓고 좋은 세상 좀 누려가며 지내셨으면 한다. 그리고 남은 생애 동안 부디 복된 나날이 되기를 마음 모아 빈다.

해질역으로 향하는 열차

　　연극 공연을 알리는 안내문이 전자우편으로 날아들었다. 실로 얼마 만에 들어보는 연극 소식인가. 요 몇 해 전부터 점령군처럼 위세를 떨치는 뮤지컬에 밀려 좀처럼 괜찮은 연극을 만날 기회를 갖지 못했다. 한동안 까맣게 잊고 있었던 '연극'의 존재를 기억 속에서 되살려 낸다.

　　첨부파일을 열었다. 칠팔십 대로 보이는 두 남녀가 장의자에 나란히 앉아 황혼 빛을 받으며 저 먼 허공 쪽을 응시하고 있는 포스터가 눈길을 사로잡는다. '해질역'이라는 고딕체의 큼직한 제목 아래 '이 세상에서 가장 따뜻하고 가슴 뭉클한 동행'이라는 안내 문구가 붙어 있다. 그 글귀가 가슴속 깊숙이 고여 흐르던 감성을 펌프질하는 순간, 불현듯 마음 한 켠에 잔잔한 파문이 일렁인다.

〈해질역〉, 제목에서부터 벌써 아득히 흘러가 버린 세월의 내음이 진하게 배어난다. 틀림없이 인생의 황혼녘에 접어든 주인공이 무슨 가상의 기차역을 배경으로 펼치는 허허로운 인생 이야기이리라. 편지를 읽어 내려가는 눈가에 아스라이 멀어지는 열차의 뒷모습이 흐려져 온다.

연극을 만나러 단숨에 공연이 열리고 있는 소극장으로 달려갔다. 무대 전면에 황톳빛으로 물든 '해질역'이라는 이름의 텅 빈 지하철역이 나타난다. 생의 나그넷길 끝자락에서 영원히 돌아올 수 없는 저 언덕 너머의 세계로 건너가는 전환점으로서의 역이라는 함의를 지닌 '해질역', 머리에 서리꽃을 인 주인공 여옥주는 역무원도 없는 플랫폼에서 노인 무임승차권을 받기 위하여 기다리고 있다.

그 때 스무 해 전에 사별한 남편 차만식이 혼령이 되어서 그녀를 찾아온다. 남편 만식은 생전에 유교적인 가부장제도의 전형이었던 인물이다. 아내인 옥주에게 온갖 구박을 한 것도 모자라 첩까지 두고 딴살림을 차려 있다가, 세상을 떠나는 마지막 순간조차도 아내 곁이 아닌 첩의 집에서 맞이한다. 그렇게 오랜 세월을 아내 위에 군림해 온 남편이었으니 옥주에게는 쌓이고 쌓인 한이 얼마나 많았을 것인가. 옥주는 살아생전 자신에게 무심했던 만식이 못내 서운하고, 그래서 그에 대한 원망이 가슴에 사무쳐 있다. 하지만 이미 죽음의 세계에 들어간 이상 이제 와서 그를 붙들고 따지거나 부아를 터뜨리는 것도 다 부질없는 일이 되지 않았는가.

극은 깊은 강물 같은 그녀의 슬픔이며 한을 징징대거나 요란 떨지 않고 평범한 일상처럼 보여준다. 지난날의 아팠던 기억들과 무거웠던 마음의 짐은 훌훌 털어버리고, 두 손을 꼭 붙잡은 채 해질역으로 들어가는 부부의 뒷모습이 밀레의 〈만종〉을 보듯 평화롭게 다가온다.

각각 이승과 저승의 시간을 흘러가고 있는 생자와 사자 두 주인공이 시·공간을 초월하여 펼치는 대화가, 생이라는 영원한 화두를 물어 온다. 정답이 찾아질 수 없는 우리네 세상살이, 과연 자신에게 허여된 유한한 시간을 어떻게 엮어가는 것이 제대로 된 인생일까. 〈해질역〉은 그 풀리지 않는 수수께끼로, 시간의 열차에 동승해 종착역으로 향하고 있는 오늘의 우리에게 무거운 질문을 던진다.

두 사람의 대화가 거지반 마쳐질 무렵, 잠깐 동안의 어둠이 찾아온다. 이 아주 짧은 시간이 마치 허물을 벗듯 삶에서 죽음으로 옮겨가는 과정일 터이다. 삶과 죽음의 경계가 '해질역'을 지나듯 그저 매일같이 되풀이되는 생활의 한 부분임을 은유하고 있다.

〈해질역〉을 통하여 연출자는 과연 무엇을 말하고 싶어 했던 것일까. 그건 아마도 우리 인생이라는 것이 그리 거창할 것도, 유별날 일도 아니니 서로 물고 뜯으며 아옹다옹 살 필요가 뭐 있겠느냐는 작가 나름의 생에 대한 철학을 보여주려 한 것은 아닐까.

부부란 전생에 자그마치 칠천 겁의 인연이 쌓이고 쌓여서 이루어 지게 되는 사이라는 말이 있다. 이렇게 엄청난 연기緣起의 작용으로 맺어지는 관계가 부부라는 이름의 만남인 것을, 한때 패었던 감정의 골로 인해 마지막까지 불편하게 끝맺음을 하는 것은 얼마나 슬프고 또 얼마나 불행한 일이겠는가.

연극을 지켜보면서 스스로의 지금을 돌아다본다. 이제 나도 시나 브로 인생의 해질역으로 향하는 열차에 편승할 때가 가까워오고 있 음을 피부로 느낀다. 그 삶의 열차를 타고서 종착역까지 주어진 시 간이 얼마나 남아 있을지는 아무도 모른다. 숨가쁘게 달려온 지난 나날들, 이제 남은 시간은 좀 더 성숙하게 그리고 의미 있게 살아 내 어야겠다는 다짐을 기회 있을 때마다 자주 하곤 한다. 그리하여 언 젠가는 떠나야 하는 순간이 왔을 때 깃털처럼 가볍게 마무리를 지을 수 있었으면 하고 꿈꾼다.

찬란한 슬픔의 봄일지언정

소설小雪, 대설大雪이 지나고 동지도 넘어갔다. 이제 한 해의 시작을 알리는 소한을 앞두고 시절은 점점 더 무거운 침묵 속으로 빠져들고 있다.

이렇게 겨울이 깊어 갈수록 봄을 향한 기다림은 간절해진다. '어서 이 칙칙한 무채색의 계절이 끝나고 화사한 연둣빛 새봄이 펼쳐졌으면. 그래서 한시 빨리 저 남녘으로부터 꽃소식이 전해 왔으면……' 하루에도 여남은 번씩 거실 통유리 창에 붙어 서서 화신花信을 기다리며 앞마당으로 눈길을 보낸다. 아무리 목을 늘이고 바라보고 바라보아도 봄은 아직 깨어날 기미조차 느껴지지 않는다. 몸에서는 벌써부터 봄기운이 들썩거리건만 꽃나무들은 여전히 깊은 잠에 취해 있으니 마음이 조급증을 일으킨다.

어릴 때는 사계절 가운데서 단연 겨울이 최고로 좋았다. 눈이 오면 고삐 풀린 망아지처럼 마을의 고샅길을 쏘다니고, 얼음이 얼면 또래들과 냇가에서 썰매를 지치느라 정신이 팔려 시간이 어떻게 가는지도 몰랐다. 뼛속까지 파고드는 한기를 막아내기에는 허술하기 짝이 없는 입성이었지만, 그런 차림으로도 추위 같은 건 아예 잊고 지냈다.

겨울 다음으로 좋아한 계절은 가을이었다. 내남없이 가난에 절어 있었던 시절, 어린 마음에도 그나마 먹을거리에 대한 걱정에서 놓여날 수 있게 되는 때가 가을이어서였다. 애써 가꾸지 않아도 저절로 알아서 주렁주렁 달리는 감이며 밤, 대추 같은 열매들은 어린 감성을 얼마나 넉넉히 부풀려 주었던가. 수확의 계절답게 곳간에 차곡차곡 쟁여져 가는 곡식들을 바라보는 것만으로 벌써 배가 불러왔다.

그리고 그 다음은 여름이었다. 천둥벌거숭이가 되어 까맣게 탄 얼굴로 해종일 물속에 들어가 살다시피 할 만큼 여름나기는 마냥 신이 나고 행복에 겨웠다. 아무것도 가진 것 없어도 그다지 궁기를 모르고 지낼 수 있는 시기가 이 계절이었기 때문이다.

사철 중에서 무엇보다 봄이 가장 싫었다. 보릿고개 넘기가 태산 넘기보다 힘들다는 말이 유행하던 때였으니 봄꽃 같은 눈요깃거리에 마음을 두는 것은 한낱 유한 계층의 사치에 지나지 않았다. 게다가 특유의 길고 느릿한 곡조로 애상적인 정감을 불러일으키는 뻐꾸기 소리가 봄날의 나른한 기분을 더욱 더 가라앉게 만드는 것 같아서이기도 했다.

이제 한 해 두 해 세월의 더께가 쌓이다 보니 어린 날들의 정서와는 정반대로 되어 간다. 어릴 때는 제일 싫었던 봄이 거꾸로 제일 좋아지고, 어릴 때는 가장 좋았던 겨울이 도리어 가장 싫어졌다. 아니, 겨울철로 접어드는 것이 그냥 단순하게 싫은 정도가 아니라 은근히 두려움으로 다가온다. 흔히들 겨울을 겨울답게 만드는 것이 눈이라고 이야기하지만, 눈 내리는 풍경이 시들해지는 걸 넘어서 눈 자체가 아예 귀찮은 존재로 여겨지기까지 한다.

어린 시절에는 한사코 자연의 이법에 역행하는 쪽으로 튀어나가려고 내면에서 쉴 새 없이 충동질을 했었다. 세월의 수레바퀴가 예순 번이나 돌고 난 지금에 이르러서는 한 겹 두 겹 나이테가 감겨질수록 육신이 나도 모르게 자연의 흐름에 순응하는 방향으로 바뀌어 가는 것 같은 느낌이 감지된다.

해마다 봄이 오고 꽃들이 다투어 새 세상의 환희를 노래 부르는 시절이면, "민들레와 바이올렛이 피고, 진달래, 개나리가 피고, 복숭아꽃, 살구꽃 그리고 라일락, 사향장미가 연달아 피는 봄"이라고 읊은 피천득 선생의 수필 「봄」의 한 구절이 가만히 입가에 머문다. 그러면서 다시 주어진 봄 풍경에 살아 있음이 눈물겹도록 감사하게 다가

오고, 가슴속에서부터 저절로 환희심이 솟구친다.

그런가 하면, 한편으로는 참 아이로니컬하게도 봄이 두고 기다릴 사이도 없이 금세 와 버리면 어쩌나 하는 야릇한 마음이 슬그머니 고개를 들기도 한다. 어쩌면 학창 시절 소풍을 가는 날 아침의 설렘 가운데 얼비치던, 풀어낼 수 없는 묘한 상실감 같은 감정과 비슷한 심리라고나 할까. 아리따운 여인의 자태 속에 이미 호호백발 노파의 영상이 내재해 있듯 화려한 봄꽃 안에 벌써 이욺의 이미지가 내포되어 있는 까닭이다. 일찍이 김영랑 선생은 이 무상한 영허盈虛의 이법을 깨달았기에 흐드러지게 펼쳐진 봄을 두고서 '찬란한 슬픔'이라고 읊었던가 보다.

사실, 젊은 날에는 대체 그런 억지소리가 어디 있느냐며 적이 마뜩잖게 여겨졌었다. 한낱 배부르고 등 따스운 사람의 호사스러운 말장난이라는 생각밖에 들지 않았다. 내일모레면 갑년을 맞이하는 이 나이가 되어서야 비로소 선생의 깊은 강물 속 같았을 심사가 느껍도록 헤아려진다. 아! 무릎을 치게 만드는 그 기막힌 역설이라니…….

그렇지만 비록 먼 산 한 번 쳐다볼 사이에 이울고 마는 찬란한 슬픔의 봄일지언정, 겨울이 깊어 가면 벌써부터 봄을 고대하는 마음이 내면에서 충동질을 일으킨다. 그건 아마 틀림없이 나이를 속이지 못하는 세월의 무게 때문이지 싶다.

상념에 젖은 채 다시 창밖을 응시한다. "봄이다!" 하고 나직이 읊조리며 스스로에게 봄소식을 부르는 최면을 건다. 순간, 앞마당에 아롱아롱 아지랑이가 피어오르고 마음속에서는 이미 새싹들의 속삭임이 들려오는 것 같다.

같은 값이면 다홍치마라고

경찰서 민원실로 들어선다. 몇 달 전 오토바이 사고로 병원 생활을 하고 계시는 아버지의 교통사고 사실관계 확인서를 대신 발급 받기 위해서다. 이십 대 중반으로 보이는 여자 순경이 반갑게 맞으며 친절히 묻는다.

"선생님 어떤 일로 방문하셨습니까?"

어딜 가든 흔하게 들을 수 있는 한마디가 이곳에서는 예사롭지 않게 다가온다.

전에는 무슨 볼일로 경찰서를 찾아가면 죄를 짓지 않았음에도 고압적으로 흐르는 무형의 기류에 공연히 마음이 움츠러들곤 했었다. 시쳇말로 경찰서와 법원은 될 수 있는 대로 멀리하는 것이 상책이라는 소리가 있지 않던가. 길거리에서 교통순경만 눈에 띄어도 일쑤 주눅이 드는 판에 경찰서를 드나든다는 것이 분명히 썩 달가운 일은 아니어서이다.

가만히 헤아려 보니 몇 가지 달라진 점을 발견하게 된다. 우선 남자 일색이던 경찰서에 여자 직원이 생기면서 확연히 밝아진 분위기가 감지된다. 왠지 남자보다는 여자가 훨씬 부드럽고 친절한 느낌을 주는 것 같아서이다. 여자 경찰관이 그곳 정서의 변화에 톡톡히 한몫을 하고 있다.

분위기뿐이 아니다. 호칭도 바뀌었다. 예전에는 민원인을 으레 '○○ 씨'라고 불렀다. 그랬던 것이 오늘 들은 소리는 '○○ 선생님'이다. 어쩐지 대접을 받는 듯한 느낌이 들기에 기분이 그리 나쁘지가 않다. 그저 호칭 하나 바뀌었을 뿐인데도 받아들여지는 마음은 백팔십도로 달라지는 것 같다. 어찌 생각하면 별것 아닌 변화가 큰 차이를 가져다준다. 무척 신선하고 바람직스러운 현상이 아닐 수 없다 싶다.

이러한 호칭의 변화를 요즈음 여러 곳에서 맞닥뜨리곤 한다. 병원들 역시 이제 어떤 데를 가도 예전처럼 '○○ 씨'라고 부르지 않는다. 대신 '○○님'이라는 호칭을 사용한다. 사전적인 의미로는 '씨'와 '님' 둘 다 똑같이 "이름이나 호칭 또는 다른 명사 뒤에 붙어 존경의 뜻을 나타내는 말"이라고 풀이가 되어 있다. 이로 미루어 살피면 당연히 '씨'가 높임의 의미로 통해야 마땅할 터이다. 그럼에도 불구하고 '씨'이

들어가는 다른 여러 말들에서 느껴지는 부정적인 어감 때문일까, '씨'라는 표현에는 어쩐지 존대는커녕 심지어 듣는 사람을 은근히 낮추어 일컫는 것 같은 묘한 뉘앙스가 풍긴다. 언제부터인가 병원이나 관공서처럼 여러 사람을 상대하는 곳에서 '~씨' 대신 '~님' 혹은 '~선생님' 같은 다른 호칭으로 바꾸어 부르는 것을 보면, 대다수가 그리 받아들이는 모양이다. 비록 본뜻은 그렇지 않을지라도 언어생활에서 어감이라는 것을 영판 무시할 수는 없는 노릇 아닌가.

이 '씨' 비슷한 용례는 '당신'이라는 말에서도 찾을 수 있을 것 같다. 물론 씨와 당신의 경우가 똑같지는 않다. '씨'가 앞서 언급한 것처럼 한 가지 뜻으로만 쓰이는 반면 '당신'은 2인칭 평칭, 2인칭 비칭 그리고 3인칭 극존칭 등 여러 의미로 사용되기 때문이다. 하지만 비록 사전상의 용도로는 그러하더라도 일상적인 언어활동에서는 당신이라는 낱말이 왠지 그 대상을 다소 비하하는 듯한 느낌으로 다가오는 것은 어쩔 수가 없다. 그러기에 다른 사람 앞에서 될 수 있으면 "당신이 어쩌고저쩌고~" 하는 말은 삼가게 된다.

같은 값이면 다홍치마라고, 같은 값이면 어감이 좋은 호칭으로 상대의 마음을 사는 것이야말로 돈 안 들이고 점수 따는 가장 손쉬운 방법 아니겠는가. 일상사에서 무심코 주고받는 호칭 하나도 듣는 이를 염두에 두고 사용해야 할 일임을 경찰서 민원실을 방문하면서 새삼 깨친다.

볼일을 끝내고 정문을 나선다. 세상이 한 걸음 한 걸음씩 아름다운 쪽으로 방향을 잡아가고 있다는 생각에 한동안 울울하던 기분이 한결 밝아온다. 내딛는 발걸음이 가볍다.

내가 나를 모르는데

아버지로부터 새벽같이 전화가 왔다. 집에 가서 필요한 물건들을 좀 가져 오라시는 것이다. 잘 알아들었다고 대답은 해 놓고, 혹여 급한 일이라도 생겼나 싶어 일순 놀랐던 가슴을 진정시키면서 혼잣소리로 투덜거린다.

'노친네가 참 잠도 없으시지. 이 이른 시간에 뭔 큰일이나 났다고……'

아침을 뜨는 둥 마는 둥, 서둘러 당신 살고 계신 집으로 달려가 말씀하신 것들이 빠지지 않도록 나름대로 꼼꼼히 챙겼다.

쇼핑백을 아버지 앞에 내놓으며 눈치를 살핀다. 아버지는 가져온 물건들을 굼뜬 손놀림으로 꺼내 보시더니 마음에 차지 않는다는 듯 표정이 일그러진다. 뭐가 또 빠진 것이 있는지 조심스럽게 여쭤 보았다. 대답 대신, 그렇게 남의 말귀를 못 알아듣느냐며 버럭 역정을 내신다. 이번이 벌써 몇 차례인지 모르겠다. 당신의 주문에 내 심부름은 번번이 빗나갔다.

아버지가 불의의 교통사고로 병상에 발이 묶인 지 반년이 지났다. 한 주에 한두 번씩 시간 날 때마다 가는데도 아버지에게서 수시로 필요한 것들을 가져왔으면 좋겠다는 전화가 온다. 아버지 혼자 따로 거처하던 집에 들러 당부하신 물건들을 나대로는 면밀히 챙겨 간다고는 하지만, 늘 당신 마음을 흡족히 채워 드리지는 못한다. 당자인 아버지로서도, 생각은 번한데 몸이 말을 듣지 않으니 얼마나 답답하실까.

어저께 하신 부탁은 이랬다.

"큰방에 가면 여름바지와 티셔츠 옷걸이에 걸려 있을 것이다. 그것하고 서랍장에 넣어 둔 면도기 좀 챙겨 오너라."

나는 큰방을 샅샅이 뒤져서 아버지가 일러주신 것이다 싶은 물건들을 가져갔다. 하지만 나대로는 성의껏 챙긴 것 같은데 오늘도 또 허방을 짚고 말았다. 당신께서 심부름 시킨 것들이 아니라는 말씀이었다. 하기야 그도 그럴 것이, 큰방에는 아버지가 지목하신 것과 똑같은 물건은 눈에 뜨이지 않았기 때문이다. 나는 아무리 찾아도 없어서 그 대신 비슷한 것을 가져왔노라고 둘러대었다.

아버지는 잠자코 내 이야기를 듣더니 참으로 딱한 위인이라며 혀를 찬다. 나이를 그만큼이나 먹었으면서 큰방, 작은방도 하나 못 구분하느냐며 나무라시는 아버지에게 나도 내심 서운한 마음이 없진 않다.

아버지가 말씀하시는 '큰방'을 두고 둘 사이에 생겨난 오해 탓이다. 아버지는 당신께서 거처하시는 방을 큰방이라고 하셨다. 그에 반해 나는 한 치의 의심도 없이, 그 방 옆에 붙은, 방 크기가 큰 방을 그 방으로 알아들었다. 아버지와 나 사이에 소통의 벽이 가로막혀 있었던 게다.

사실 따지고 보면 충분히 그럴 만도 하겠다 싶은 생각도 든다. 아버지가 말씀하시는 큰방은 집안의 가장 어른이 되는 사람이 거처하는 방이라는 뜻이었고, 내가 생각하는 큰방은 규모면에서 넓이가 제일 너른 방이라는 판단이었다. 언어에 대하여 아버지의 생각이 관습적이고 상징적인 관점의 해석이었다면, 나의 생각은 현실적이고 지시적인 관점의 해석이었다고나 할까. 어쨌든 결과적으로 나는 아버지의 그다지 어렵지 않은 심부름조차 제대로 해내지 못한 불초한 위인이 되고 말았으니, 나이를 헛먹었다는 당신 말씀이 그리 틀린 소리는 아니지 않은가. 그러면서 한편으로는 나도 나대로 억울한 면도 없지 않다며 스스로를 변호한다.

살다 보면 때로는 내가 나를 모르는데, 하물며 나도 아닌 남의 속

마음을 어떻게 정확히 헤아릴 수가 있을 것인가. 거기서 서로 간에 의사가 바르게 전달되지 못하고 때로는 불가피한 오해도 생겨나는 것일 게다.

도둑은 남이 꼭꼭 숨겨 둔 귀중품까지 귀신같이 찾아내거늘, 나는 당자가 거기 있다며 세세히 가르쳐주는데도 그 일상적인 것조차 옳게 찾지를 못하니 아버지 말씀마따나 참으로 우둔한 위인일시 분명하다. 사람이 이리 용렬하니, 하물며 가슴속에 든 상대의 마음을 도둑질하는 것이야말로 나로서는 또 얼마나 지난至難한 일이겠는가.

지금부터라도 이 타인의 마음을 훔치는 일에 어설픈 시동을 걸어 보고 싶다. 그러기 위해서는, 엉뚱한 오해가 생겨나지 아니하도록 좀 더 깊이 헤아려 살피는 지혜를 길러야 할까 보다.

세상에 와서 가장 잘한 일

"우리는 민족중흥의 역사적 사명을 띠고 이 땅에 태어났다."

7080세대라면 누구든 이렇게 시작되는 '국민교육헌장'이라는 것을 기억하리라. 요새 아이들은 "그게 뭐지?"라며 고개를 갸우뚱거릴지도 모르겠다. 5·16 군사정변이 나고서 얼마 되지 않아 한창 경제개발5개년계획에 기치를 올리던 '60년대 초, '우리도 한번 잘살아 보세'라는 구호와 함께 등장한 국민계몽운동의 글이 아니었던가.

당시 초등학생이었던 나는 이 국민교육헌장 전문을 달달 외웠다. 밥상머리에서 숟가락질을 하면서도 외우고 잠자기 전 방바닥에 배깔고 누워서도 외웠다. 화장실에 쪼그려 앉아 볼일을 보면서도, 학교길을 오가면서도 외우고 또 외웠다. 마치 무슨 주문처럼 그렇게 노상 입에 달고 지냈다.

　나뿐만이 아니었다. 아마도 정부 시책으로 학생들에게 외우도록 하라는 지시가 떨어졌었던가 보다. 모든 아이들이 한동안 국민교육헌장 암기하는 데 매달렸다. 동무들끼리 누가 더 잘 외우나 시합이 벌어져 골목길이 왁자지껄하기도 했었다. 그때 익힌 '민족중흥'이니 '역사적 사명'이니 하는 어휘들은 초등학생 수준으로는 상당히 어려운 용어이어서 무슨 뜻인지도 정확히 모른 채 무작정 입으로만 달달 외웠었다.

　그 국민교육헌장의 첫 구절이 나이 들어가면서 새삼 무겁게 다가온다. '민족중흥의 역사적 사명을 띠고 이 땅에 태어났다'는 표현이 우리처럼 범상한 사람에게는 너무 거창하게 들리는 구호 같이만 생각되어서이다.

　그렇다면, 역사적으로 민족을 다시 일으켜 세운다는 중차대한 임무를 안고 태어난 것이 아니라면 우리는 진정 무슨 쓰임을 위해서 이 땅에 생겨난 것일까. 아니 이 세상에 온 것일까. 불가佛家에서의 화두처럼 퍽 막연한 물음이 아닐 수 없다.

　내 짧은 소견으로는, 절대자의 부름을 받고 이 세상에 와서 가장 잘한 것 딱 한 가지만 들라면, 그것은 Ⅱ세를 생산한 일이 아닐까 한다. 작게 보면 나의 핏줄을 받아 가문의 대를 잇게 한 일이며, 크게 보면 인류 역사의 수레바퀴가 멈추지 않고 계속 돌아가게 하는 데 기여한 공로이리라. 한 어버이가 자식을 낳고 그 자식이 자식을 낳고 또 그 자식이 자식을 낳고 낳고……, 이렇게 하여 인류의 역사는 강물과도 같이 길이길이 이어지는 것이 아닌가. 생각해 보면 이것이 얼마나 고귀한 일이며 지중한 가치인지 모른다. 내가 부모의 몸을 받아 이 아름다운 지구별에 온 이상, 나 역시 대를 잇는다는 그 숭고한 사명을 완수하고 지구별을 떠나야 하는 것이 아닐까.

세상의 모든 어버이들처럼 나도 가정을 꾸리고 II세를 두었으니, 그리 따지면 지난 삶이 그리 허망하지만은 않았다는 어쭙잖은 자부심이랄까 긍지 같은 마음이 생겨난다. 그러면서 그 범상해 보이면서도 크나큰 공로가 새삼 의미 깊게 다가온다.

꽃나무들에 대한 예의

여적 餘滴

황수탕黃水湯은 허물어져 가는 곳집이다. 그 앞에 서자 느닷없이 이 생각이 떠오른 것은 어인 까닭일까.

막 두려움을 알기 시작한 여남은 살 어린 시절, 마을 언저리에 자리하고 있던 곳집과 맞닥뜨렸을 때의 야릇한 전율감이 불현듯 되살아난다. 정적靜寂이 주인 노릇을 하고 있는 스산한 풍경, 지난날의 흥성했었던 분위기는 그 어디에서도 찾아볼 수가 없다. 절기는 아직 시월 중순께이건만 으스스 한기가 돈다. 비단 날씨 때문만은 아니리라.

달랑 건물 한 채가 쓸쓸히 서 있다. 아니 기울어져 가는 중이다. 건물이라고 부르기엔 이미 한계치를 넘어서 버린, 초라하기 짝이 없는 형상이다. 얼기설기 블록을 쌓아올리고 그 위에다 어설프게 골기

와를 얹었다. 세월의 지층이 켜켜이 내려앉은 광경이 당집같이 을씨년스럽다. 기왓장에는 날아든 홀씨에서 돋아난 이름 모를 잡풀들이 무성하고, 골 사이사이로 퍼런 이끼가 융단처럼 뒤덮여 있다. 처음 세워졌을 때는 이 구조물도 나름대론 제법 번듯하였으리라. 반세기에 가까운 세월이 몰골을 이리 흉하게 만들어 놓았다. 누구를 원망하랴, 거역할 수 없는 조화주의 서늘한 질서가 횅하니 가슴을 훑고 지나간다.

사람들이 뻔질나게 드나들었던 고샅길 담장은 간단없는 비바람에 무너져 내려앉고, 무성하게 자라난 풀과 나무들에 파묻혀 흔적조차 가늠하기가 힘이 든다. 변한다, 변한다 해도 어찌 이렇게까지 참혹할 수가 있단 말인가. 후유, 가는 한숨 한 줄기가 절로 새어 나온다. 불현듯 상념의 발걸음은 허공을 거닐며 아득한 저 언덕 너머의 기억을 더듬는다.

그러니까 내 나이 열대여섯 살 학창 시절, 아버지의 소싯적 위장병이 도져 당신과 함께 한때 부지런히 이곳을 들랑거렸던 적이 있다. 돌이켜 보니 그새 서른 몇 해의 세월이 흘러갔다. 그 세월이 탕 주변의 정경을 몰라보게 바꾸어 놓고 말았다. 변하지 않은 모습이란 그예 아무것도 없다. 우물의 비를 가리기 위해 지은 예의 간이 구조물은 물론이고, 탕의 개발 과정이며 유의사항을 전하는 표지판과 팻말, 바가지를 걸어두던 음수대飮水臺, 이 모든 것이 세월의 무게에 눌려 삭아 내리는 중이다. 하얀 바탕색의 함석판에 새겨진 검정 페인트 글씨가, 군데군데 떨어져 나간 채로 우울한 표정을 지으며 나그네를 맞는다.

> ○ 공중도덕을 지킵시다.
> ○ 토하실 분은 우측 산으로 올라가세요.
> ○ 사용하신 휴지는 휴지통에 버려 주세요.

바른편 산으로 시선을 옮긴다. 눈대중으로도 오십 도는 넉넉히 되어 보일 듯한 급경사를 이루고 있다. 쉽사리 사람의 접근을 허락할 성싶지가 않다, 그것도 몸마저 온전치 못한 환자들에게는.

주렁주렁 엮인 의문부호들이 꼬리를 물면서 달려든다. 표지판의 내용으로 미루어보건대 예전엔 저렇게 가풀막지진 않았던 것일까. 저곳에 살평상 몇 개는 놓여 있었을까. 정녕 그 시절에도 요사이처럼 휴지를 사용했었던가. 했었다면 질적인 수준은 어느 정도였을까. 이런 부질없는 상념들이 보푸라기 일 듯 일어난다.

인기척에 놀라 가라앉아 있던 고요가 사방으로 흩어진다. 자신들끼리 모여서 도란도란 이야기꽃을 피우다 낯선 이방인의 침입에 당황하여 벌떡 일어서는 고요, 잔잔한 호수에 이는 파문과도 같이 발자국 소리가 산골의 정적을 흔들어 놓는다.

길게 기린 목을 하고서 우물 안을 물끄러미 들여다본다. 철 성분이 많아 시뻘겋게 녹이 슨 물빛, 표면이 온통 번들번들한 기름띠로 뒤덮여 있다. 마치 지방질이 엉겨 붙은, 싸늘하게 식어버린 고깃국 같다. 곁의 음수대에 걸린 반쯤 깨진 바가지 하나를 들고 탕 속의 물을 휘휘 저어 본다. 똘똘 엉기어 있던 기름기가 자석처럼 바가지 표면에 와르르 달라붙는다.

고질이 된 위장병을 다스릴 심산으로 욕심껏 약수를 들이켜고는 반사적으로 솟구치는 메스꺼움을 참지 못하여 울컥울컥 구역질을 해 대었을 고통의 잔상들이, 환영인 양 일시에 나타났다가는 사라진다. 그들은 다 어디로 갔을까. 마음 한 자락이 못내 우울해 온다.

입에 풀칠하기도 힘에 겨워 보릿고개로 허기가 졌었던 지난 시절, 변변한 약물치료야 언감생심이었으리라. 오로지 육신의 병을 고쳐 보겠다는 일념으로 멀리 서울에서, 부산에서, 광주에서, 심지어 제주도에서까지 불원천리 이 첩첩산중을 물어물어 찾아온 사람 사람들, 어디 교통 사정인들 그리 수월했을라고. 그들은 황수탕 물을 먹고 소망하던 대로 몸이 나아졌을까. 되찾은 건강으로, 그들 가운데 지금쯤은 몇몇이나 이승에 살아남아 생의 축복을 누리고 있을까. 지푸라기라도 잡는 심정으로 모여들었을 그 절박했던 사연들을 헤아려 본다.

한때는 입소문을 타고 이곳을 찾는 이들이 문전성시를 이루었었다. 그리하여 약수탕이 그 주인에게는 적잖은 경제적 도움이 되었던 모양이다. 거기에 보답하는 마음으로 매일같이 쓸고 닦으며 탕 주변과 그리로 이어진 고샅길을, 갖은 정성을 기울여 돌보았단다. 하지만 세월의 물살을 어찌 이곳인들 비켜갈 수 있었을 것인가. 약수탕의 시세도 세월 따라 떠내려가 일을 접은 지 하마나 오 년여가 되었다고 했다.

포병객抱病客들을 맞이하기 위해 쏟았던 주인 부부의 노고의 흔적은 이제 어디에서도 찾아볼 수가 없다. 지난날의 영화는 바람처럼 훌훌 날아가 버리고 적막만이 그 자리를 대신 지키고 있다. 한 시절 사람이 그리 끓었음을 무엇이 들어 증명해 줄 것인가.

"불과 오 년 남짓 사이에 어찌 이렇게나 황폐해져 버렸지요?"

탄식 섞어 던지는 나의 물음에 안주인 노파는 절레절레 고개를 흔든다.

"글쎄 말도 말아요. 사람의 훈김이 얼마나 무서운지, 한 일 년만 제대로 안 돌보면 금세 보도 못한다오."

노파의 쓸쓸한 대답 속에는 아스라이 전해져 오는 세월의 냄새가 묻어 있었다. 그렇게 이야기 하는 노파의 모습과 사그라져 가는 탕의 정경이 자꾸 겹쳐 보인다.

생각에 잠긴 채 탕 주위를 돌아서 나오려니 '툭, 투둑' 알밤 떨어지는 소리가 산골의 정적을 가른다. 문득 올려다본 눈길, 밤나무의 잎사귀 사이사이로 청잣빛 하늘이 시리도록 투명하다. 그 정경이 가을

볕에 누렇게 물들어 가는 지상의 생명체들과 묘한 대비를 이룬다. 순간 영속적인 것과 유한한 것, 존재함과 부재함, 가고 머무름, 이런 것들의 의미가 저릿한 아픔으로 다가와 가슴에 파문을 일으킨다.

탕 바로 옆의 골짜기에서는 석간수 가는 줄기가 권태에 잠긴 듯 졸졸거린다. 께끄름한 마음에 주저주저하다 용기를 내어 한 모금 들이켜 본다. 혀끝으로 전해져 오는 시금털털하면서도 알싸한 풍미, 예전 그때만은 못하지만 아직도 그냥 맹물 맛은 아니다. 곁에는 폭삭 삭아내려 흔적조차 희미한 앉은뱅이살평상 하나가 반쯤 얼굴을 가리고서 비스듬히 누워 있다. 사람들은 병마를 이겨내려는 욕심에 양껏 약수 물을 들이켜고는 이 평상에 둘러앉거나 아니면 드러누워 치받치는 메스꺼움을 눈깔사탕 한두 알로 달래었으리라. 그 일그러졌을 표정들이 상금도 눈앞에 선하다.

인적 끊긴 허허한 공간을, 기울어져 가는 건물만이 외로이 지키고 서 있다. 장차 건물마저 허물어지고 나면 누가 이 약수탕을 지킬 것인가. 사람들은 죄 떠나고 켜켜이 내려앉은 먼지가 대신 나그네를 맞는다. 작은 기척에도 놀라 풀썩풀썩 일어서는 먼지, 겁 많은 먼지가 잔뜩 움츠러든 마음에 오히려 푸근한 느낌으로 다가온다.

세상천지의 형상 가진 존재들 가운데 그 무엇이 세월의 힘 앞에 영원히 당당할 수 있을 것인가. 나무도, 풀도, 바위도, 건물도 그리고 우리의 육신마저도……. 거친 세월 속에 퇴락해 가는 황수탕의 여윈

모습에서 새삼 조화주의 말없는 가르침 하나를 붙든다.

　내려오는 길, 두고 떠나기 아쉬운 마음에 자꾸만 뒤를 돌아다본
다. 서산마루에 석양이 서성이고 있다.

부고 철학

언제부터인가, 전에 없던 버릇 하나가 새로이 생겨났다. 이따금 일간신문의 지면 아래쪽 끝자락에 엉버티고 앉아 나 봐달라며 퉁방울 눈 부릅뜨고 있는 부고訃告에다 부쩍 관심을 두게 된 것이다. 한두 살씩 나이를 먹어 가면서 자연스레 붙은 별스런 습관이다.

남들은 뭐 그런 시답잖은 것 따위에 집착을 가지느냐며 타박을 줄는지 모르겠다. 얼핏 생각하면 참 쓸머리 없는 짓 같이 비쳐질 만도 하다. 하지만, 남들이야 어떻게 여기든 나대로는 제법 심각한 생의 근원적 의문에서 허우적거리며 몸부림을 치고 있어서인 까닭이다.

신문의 판짜기가 완전히 세로쓰기에서 가로쓰기로 바뀐 뒤에도 부고만큼은 대다수가 여전히 예전의 방식인 세로쓰기를 고집하고 있다. 그래서일까, 애써 찾지 않아도 쉽사리 눈에 들어온다. 게다가 검정 뿔테안경처럼 사방으로 굵직한 테두리선까지 둘러쳐져 있어 절로 시선이 머물게 마련이다.

달포 전 어느 날이었던가 싶다. 한 조간신문의 사회면을 펼치다가 느닷없이 홍두깨로 뒤통수를 얻어맞은 듯 아뜩한 정신적 충격에 휩싸였던 적이 있다. 나란히 마주한 두 지면과 맞닥뜨리고서다. 그 가운데 한쪽 면은 하단 광고란에 시쳇말로 대문짝만 한 크기의 부고가 금방이라도 달려들 듯이 눈을 부라리고 있었고, 맞은편 지면에는 역시 그와 거의 비슷한 크기의 본문 기사가 올곧게 살아온 명망 높은 소설가 한 분의 별세 소식을 전하고 있었다.

그것은 서로 엇비슷하면서도 달랐다. 아니, 극명한 대비였다고 하는 편이 오히려 적절한 표현일 것 같다. 부고의 주인공이 스스로 자신의 대단찮은 삶을 세상 사람들에게 한껏 떠벌리고 있었다면 별세 기사의 주인공에게는 세상 사람들이 외려 마음에 우러나와 그의 아아한 생애를 추모하고 그리며 기린다는 것, 같은 현상적 죽음을 전하면서도 바둑돌의 흑백만큼이나 그 차이가 뚜렷했다.

아하 그래, 바로 이거였지! 나는 자신도 모르게 혼잣소리를 뱉어내며 손바닥으로 무릎을 쳤다. 그건 내가 여태껏 화두처럼 붙안고 목말라 했던, 인생살이의 행로에 대한 의문을 풀어주는 한 줄기 눈부신 광채였다. 순간 나의 머릿속은 타는 갈증에 찬물 한 모금을 들이켠 뒤끝처럼 상큼하게 맑아왔다. 아둑시니같이 캄캄했던 눈이 화광火光처럼 훤히 트여 오는 느낌, 이런 걸 불가佛家에서는 돈오頓悟라고 하던가.

부고의 주인공은 세속적 기준으로 보면 필시 성공한 사람이다. 그는 한세상 사는 동안 부지런히 재물을 모으고, 지위를 높이고, 권세며 명성 따위를 탐착했을 것이다. '내가 이만큼 대단하게 살았노라' 이렇게 은근히 자랑을 늘어놓으면서, 아직도 살아갈 날이 구만리 같은 남은 이들을 향해 한껏 뻐기고 있는 듯이 보였다. 그야 물론 당자 아닌 그의 피붙이의 처사이긴 하겠지만, 따지고 들면 그 큰 지면을 차지하는 데 들였을 고액의 광고비는 어차피 사자死者의 호주머니에서 나오게 된 것 아닌가.

부고의 속성은 무엇보다 그 문구의 화려함에 있다. 그러기에 거기에는 으레 세속적 가치를 좇아 한세상 허둥대며 살아온 그의 생전의 이력이 소상히 오른다. ○○회사 사장, ○○학교 재단이사장, ○○회 회장, ○○연구소 소장, ○○위원회 위원장……. 열 손가락으로도 꼽기에 모자랄 굵직굵직한 직함들이 나 보아란 듯이 내걸린다. 마치 가슴팍 가득 달려 있는 주렁주렁한 훈장처럼. 하지만 어쩐지 그런 수다한 직함들이 묵은 빨랫감같이 추하고 낡아빠진 가구마냥 값어치 없어 보이는 것은 어인 까닭일까.

대인은 자신에게 추상秋霜같이 엄격하고 남에게 더없이 관대한 사람이며, 소인은 자신에게 한없이 관대하고 남에게 비상砒霜처럼 엄격한 사람이다. 이렇게 가르친 논어의 말씀에 기댄다면, 부고의 주인공은 필시 소인이며 별세 기사의 주인공은 대인임이 분명하리라. 자고로 남에게 관대하여 세속적 영달 얻은 이 드물며, 자신에게 관대하여 눈에 보이는 화려함 구하지 못한 자 드물었기 때문이다.

명예란 명성이 높다고 반드시 따라오는 것은 아니며 또 억지로 구한다고 얻어질 성질의 것도 아니다. 오히려 사회적 명성 혹은 세속적 인기와 거리를 둘 때 역설적이게도 거기에 더 가까워지는 것이 아닐까.

이렇게 말하면 내가 이제껏 부고를 너무 홀대한 것 같아 그에게 좀 미안한 마음이 든다. 잠시 생각을 달리 해 보면, 부고 또한 그 나름의 충분한 의미로 우리에게 다가오기도 한다.

나는 신문의 '부고란'을 읽을 때 자주 죽음의 의미 같은 것을 생각한다. 나약한 인간에게 죽음만큼 가슴 서늘한 주제가 또 무엇이 있겠는가. 죽음은 유한자로서의 인간이 자기 존재의 의미를 그윽이 응시하게 하고, 숨 가쁘게 돌아가는 일상사에 침몰하여 한동안 놓치고 있던 자신의 본래 모습을 되찾게 해 주는 눈 밝은 스승이다. 죽음의 전령사인 부고야말로 우리에게 이 스승을 찾아주는 충직한 길잡이가 아닌가.

죽음 앞에 조금치의 거리낌도 없을 만큼 떳떳하고 당당할 자 과연 몇이나 될까. 우리는 일상에서 죽음과는 통성명도 하지 않는 채 남남처럼 살아간다. 그러다 어느 날 느닷없이 날아든 가까운 친지나 벗, 아니면 아끼던 후배의 부고를 받고서 화들짝 놀라는 것이다. 그 것은 뒤통수를 내리치는 충격이다. 그 충격으로 문득 한동안 잊고 있었던 죽음을 다시 의식 가운데로 되돌려 놓는다. 그리고는 허망스 럽고 두려워져서, 자신의 거쳐 온 삶이며 지금 서 있는 자리를 조용 히 돌아보게 되는 것이다.

그것은 곧 뉘우침으로 치환된다. 나는 여태껏 무엇을 위해 살아 왔는가. 당장 눈앞에 보이는 화려함, 손에 잡히는 현상적 가치, 그 허 상만을 좇아 허둥지둥 비틀거리며 예까지 걸어온 것은 아닌가. 사람 살이의 참다운 의미는 분명코 이게 아닐 터인데…… 대개 이런 등 속의 후회들이다. 뉘우치는 자세보다 사람을 사람답게 하는 것이 또 있을까. 뉘우침은 우리의 삶을 반짝이는 보석처럼 가치 있게 다듬는 효과 탁월한 연마제이다.

늘그막까지 지위며 권세며 명성 따위를 탐하고 끝 간 데 없이 재 물에 집착하는 것은 허섭스레기처럼 추잡해 보인다. 아니, 불쌍하고 비참해 보인다는 말이 오히려 적절한 표현일지 모르겠다. 젊은이의 욕망은 혹여 진취적인 의욕으로 받아들여질 수도 있으련만, 늙은이 의 욕망은 한갓 부질없는 노회老獪로 치부되기 십상이다. 사람들이

장례식에 참석해서 단 오 분 동안만 생각에 잠긴다면 세상은 지금보다 훨씬 아름다워질 것이라고 한 아인슈타인의 말은, 이럴 경우 우리들 캄캄한 인생항로에 반짝이는 등댓불이라 해도 좋으리라.

죽음은 생명 가진 만상萬象의 존재가 필연적으로 맞닥뜨려야 할, 거역할 수 없는 숙명일 터이다. 절대자의 섭리에 대한 서늘한 깨달음, 그에 따라 순간순간 무명無明의 집착으로부터 자신을 되돌아보게 해 주는 반면교사反面敎師가 바로 이 부고 아닐까. 그러기에 부고도 이런 까닭에서 더없이 뜻깊고 값지다.

무릇 세상만사가 다 우리들 생각 가운데 있는 것이라고 했다. 새삼스럽게 이러한 생사의 이법을 깨달으며, 나는 오늘도 부고 앞에 옷깃 여민다.

꽃나무들에 대한 예의

오일장이 서는 날이다. 요즈음 들어 장날이면 재래시장 구경하는 재미에 푹 빠져 지낸다. 오늘도 다음 장도막까지 쓸 거리를 사고 바람도 쐴 겸 산책 삼아 읍내 나들이에 나섰다.

조붓한 주택가를 돌아서 장판으로 막 들어서려는 참이었다. 맞은편에서 삼십 대 후반 아니면 사십 대 초반쯤으로 보이는 두 여인이 두런두런 이야기를 주고받으며 걸어오고 있다. 그 가운데 한 여인이 길가에 면한 집 마당의 매화를 보고는 자지러지듯 감탄사를 쏟아낸다.

"하이고야! 벌써 꽃이 피었네. 벚꽃인가?"

옆에서 듣고 있던 다른 여인이 "어데? 어데?" 하며 꽃나무 쪽으로 눈길을 보낸다.

"아이다. 살구꽃이다. 아니 복사꽃 같기도 한데……"라고 깔깔거리면서 지나쳐 간다.

2월 하순, 아직은 겨울의 끝자락이니 벚꽃이 피었을 리가 만무하다. 살구꽃이야 그렇다 쳐도 벚꽃이 개화하려면 짧아도 한 달, 게다가 복사꽃을 보려면 또 그로부터 한 열흘 가량은 더 기다려야 한다. 평소 꽃나무들에 대해 얼마나 무관심하고 무신경하게 살아 왔으면 2월에 핀 매화를 보고서 4월 꽃인 벚꽃이니 살구꽃이니 복사꽃이니 하는 소리를 꺼내고 있을까. 매화가 속으로 "으이구, 이 한심한 여편네들아. 남의 이름을 함부로 불러도 유분수지." 하고 나무랐을지도 모를 일이다. 나 역시 매화하고 똑같은 마음이 되어 혀가 끌끌 차인다. 두 여인의 대화를 가만히 곱씹고 있으려니 나의 이야기로 생각이 옮겨간다.

내 이름은 일어날 흥興 자 매울 렬烈 자를 써서 '흥렬'이다. 그런데 지인이나 사회활동 관계로 만나는 사람 중에 가운데 글자인 '흥'을 '홍'으로 읽어 '홍렬'이라고 부르는 이들이 심심찮게 있다. 한글로 표기해 놓았을 때 얼핏 보면 일쑤 '흥'과 '홍'이 헷갈리는 모양이다. 그렇다고 하여 한글세대가 주류를 이루고 있는 지금 세상에서 늘 한자로 적어 둘 수도 없는 노릇 아닌가. 일어날 흥 자를 아예 읽어내지 못하는 부류가 태반이기 때문이다. 고전소설 「흥부전」에서의 흥부를 보거나 우리 민족의 애창가곡인 〈바위고개〉의 작곡가 이흥렬 선생이며 한국의 피카소로 불렸던 김흥수 화백 등등의 경우만 보더라도 사람 이름에 '흥' 자가 '홍' 자에 비해 그다지 적게 쓰이진 않는 성싶은데, 그들은 왜 주의 깊게 살피지 않고 흥을 홍으로 읽어버리는지 아무리 헤아려 보아도 그 연유를 모르겠다. 어쨌든 매화를 두고서 벚꽃이니 살구꽃이니, 심지어 복사꽃으로까지 이야기하는 예의 그 여인들처럼 남의 이름을 아무렇게나 불러대는 것 같아 기분이 썩 개운치가 못하다.

이름을 부르더라도 좀 제대로 불러야 할 것이다. 멀쩡한 자기 이름을 놔두고 엉뚱한 이름으로 호칭한다면 어느 누구인들 좋은 마음이 들 리가 있겠는가.

꽃나무들의 이름을 처음부터 잘 아는 사람은 없을 것이다. 세심히 살피면 그들의 앞가슴에 달린 무형의 명찰이 눈에 들어오게 되어 있다. 그러기에 이름을 정확히 안다는 것은 그것에 대한 애정의 다른 표현일지다.

어디 꼭 꽃나무뿐이랴. 무엇이든 아는 만큼 보이는 것이고, 또한 관심과 사랑으로 대하면 그 대상이 스스로 말을 걸어오게 되어 있다고 하지 않던. 매일같이 주머니에 들어올 돈이나 헤아리면서 오늘은 뭐 맛있는 것 해 먹을까, 내일은 어디 가서 무엇으로 재미나게 놀까 그런 궁리만 할 줄 알았지 공원의 풀 한 포기, 나무 한 그루에 관심을 둘 줄은 모르는 지극히 속물주의적인 삶을 되풀이해 온 결과는 아닐는지…….

　숨 가쁘게 돌아가는 세상사에서 비록 세세하게 많이는 모른다 할
지라도, 우리 주변에서 흔하게 만날 수 있는 꽃나무들만이라도 관심
을 갖고 이름을 익혀 두었으면 한다. 그것이 항시 아름다움과 향기로
우리한테 무주상보시無住相布施를 베푸는 그들에 대한 최소한의 예의
아닐까.

명태

드디어 동해 바닷가 작은 포구를 벗어났다. 차는 헉헉 가쁜 숨을
몰아쉬며 구절양장의 산허리를 휘돌고 돌아 나간다. 대관령의 험준
한 고갯마루를 타고 넘어 줄곧 서ㅉ로, 서로 걸음을 재촉하고 있다.
롤러코스트를 타는 듯 현기증으로 머리가 어찔어찔하고 속이 메슥거
려 온다.

그렇게 얼마를 지났을까, 탁 트인 분지 하나가 눈앞에 펼쳐졌다.
순간 느닷없이 나타난 황태 덕장, 끝 간 데를 모르게 늘어선 명태
의 군상들이 사정없이 후려치는 칼바람에 실오라기 하나 걸치지 않
은 나신인 채로 꾸덕꾸덕 몸피를 줄여 가는 중이다. 이 깊은 산중에
웬 포로수용소가 있었더란 말인가. 사뭇 절규에 가까운 그들의 고통

스런 표정에서, 자유를 갈구하며 몸부림치는 뭇 백성들의 환영幻影을 본다. 한껏 벌린 입에서는 피 끓는 혁명가가 울려 나오는 듯도 싶다. 불현듯 가공할 폭압의 부당성을 붓끝으로 고발했던 피카소의 명화 '성난 군중들'이 떠오르는 것은 어인 까닭인가.

얼었다 녹고 얼었다 녹고 하길 대체 몇 차례이랴. 피골이 상접한 몰골로, 하나같이 고개를 뒤로 젖뜨린 채 하늘에다 대고 자신의 억울함을 하소연이라도 하듯 자못 비장한 얼굴들이다. 사람다운 삶을 부르짖다 붙잡혀 와 가혹한 고문 끝에 교수대에 매달려 학살당한 늘어선 주검들이여! 거친 함성 소리가 저 하늘 끝까지 닿을 듯도 한데……. 환청인가, 상금도 그 외침이 해풍을 가르며 귓전을 난타하는 것 같은 착각을 불러일으킨다.

입술을 떡떡 들러붙게 하는 동지섣달의 매운 산바람에 온몸으로 맞서는 명태들의 항거, 작업부들은 그들의 최후의 부르짖음이 마침내 사위어들었다 싶으면 부지런한 손놀림으로 착착 거두어서 한 두름씩 매듭을 지을 것이다. 이 순간 검푸른 바다 깊은 골 곳을 거침없이 누비며 군무群舞를 즐겼을 그 당당한 모습이 얼핏 눈앞에 어른거린다. 그러나 그것도 잠시, 죽어서까지 끈끈한 동지애를 버리지 못하는 듯 스무 마리씩 스무 마리씩 어깨동무를 하고는 어느 낯선 시장 골목 어물전을 지키며 팔려갈 날을 기다릴 것이다. 자신들을 마지막으로 거두어 줄 임자가 나타나기만을 고대하면서.

예부터 '맛 좋기는 청어, 많이 먹기는 명태'라는 말이 전해온다. 그만큼 이 땅의 사람들은 명태를 즐겨 먹었고, 또 발걸음에 차일 정도로 명태는 아주 흔하디흔한 바닷고기였다. 하지만 꼭 흔해서 많이 먹었던 것만은 아니다. 다양한 건사방법에 따라 북어, 황태, 동태, 코다리 등 여러 가지 형태로 미각을 달리할 수 있었고, 보다 중요한 이유는 단순한 먹을거리 이상으로서의 건강 지킴이 역할을 톡톡히 수행하기 때문이다. 명태는 본시 따뜻한 특질을 지닌 온성식품이 아닌가. 그런 까닭으로 하여 우리 몸속에 쌓인 독성을 풀어내고, 소변보기를 수월케 해 주는가 하면, 소화기능을 도우는 약리작용도 겸한다. 아마도 그래서이리라, 어릴 적부터 체격이 유달리 약골이었던 나를 키운 몇 할도 바로 이 명태가 아닐까 싶다.

난 참 지독스레 입이 짧은 까탈공자였다. 그런 내게 어쩌다 감기 몸살 같은 불청객이라도 찾아오는 날이면 아예 절곡을 하기가 일쑤였다. 불면 날까 쥐면 꺼질까, 손자 사랑이 유다르셨던 할머니의 걱정이야 풀어놓지 않아도 그림이다. 보다 못한 할머니는 궁리궁리 끝에 하로동선夏爐冬扇의 쓰임새를 위해 다락방 깊숙이 건사해 두었던 명태에 생각이 미치셨을 게다. 이때가 캄캄한 어둠 속에서 오래도록 깊은 잠에 취해 있던 그 명태가 비로소 세상 밖으로 나오는 날이다. 할머니는 장작개비같이 **빳빳한** 건태를 툭툭 방망이질하여 참기름 동동 띄운 북엇국을 끓여선, 종일 까라져 누운 손자의 파리한 입

술에다 한 술 두 술 떠 넣으셨다. 하루 세 번의 끼니 해결조차 만만치 않았던 집안 형편으로 병원 치료란 언감생심이었던 시절, 북엇국은 할머니가 당신으로서 하실 수 있는 유일한 처방이었으리라. 할머니의 이 북엇국으로 나는 잃었던 기운을 되찾곤 했다. 그래서 지금도 내 육신의 일부에는 명태의 성정이 배어 흐르고 있을 것만 같다.

생각의 타래를 감고 있으려니 오래된 기억 한 자락이 머릿속에 그려진다. 애송이 선생으로 사회에 첫발을 내디뎠을 무렵의 일이다. 꽃그림자가 그윽이 운치를 돋우는 어느 화사한 봄밤이었다. 학교 근처의 한 깔끔한 음식점에서 새 식구들을 환영하는 모임자리가 마련되었다. 술이 몇 순배 돌고 차츰 분위기가 무르익어 가자, 동료 교사 가운데 ㅂ이 자청을 하여 노래 한 곡을 선사했다. 그 노래가 바로 〈명태〉였다. 나는 그때 명태라는 가곡을 처음 알았다. 그리고 첫사랑처럼 너무도 깊이 매료되어 버렸다.

'……어떤 외롭고 가난한 시인이/밤늦게 시를 쓰다가/쇠주를 마실 때/그의 안주가 되어도 좋다/그의 시가 되어도 좋다/짝짝 찢어지어 내 몸은 없어질지라도/ 내 이름만 남아 있으리라/'

마지막 소절에 이르자, 마치 감전이라도 된 듯 온몸이 파르르 떨려오는 야릇한 전율 같은 감흥에 휩싸였었다. 강산이 세 번이나 바꿸 만한 세월이 흘러간 지금도 그 아릿했던 떨림의 순간을 잊지 못한다. 어느 불우한 예술가를 위한 조건 없는 자기희생, 유머러스하면서도 짙은 페이소스가 가슴을 저미게 하는 그 절창을 통해 나는 참된 사랑의 의미를 다시 배울 수 있었다. 오로지 아낌없이 주는 것이 진실한 사랑이라는 것을. 내가 명태에 더욱 애착심을 가지게 된 것도 아마 그때부터가 아닌가 싶다.

몇 해 전 어느 지인으로부터 전해들은 이야기 한 토막이 생각난다. 우리가 바다 건너 제국주의자의 마수에서 고통 받고 있던 시절, 일본인들은 식민통치의 효율성을 극대화하기 위해 우리의 민족정기를 말살시키려 들었고, 그 상징적 의미로 명태의 눈알을 모조리 빼버렸다는 것이다. 지맥을 끊어 놓으려는 야욕으로 이름난 산천의 요소요소에다 쇠말뚝을 박은 행태와 상거相距가 어떠할까. 일제가 서른여섯 해 동안 저지른 온갖 비열한 짓들로 볼 때 새삼스러울 것이야 없지만, 어떻든 그들이 명태에 대해 이러한 생각을 가지고 있었다는 사실만 보아도 명태가 그냥 단순한 바닷고기 정도로 여겨지진 않았던 것임은 분명하다.

덕장에 드레드레 걸린 명태들을 다시금 찬찬히 바라다본다. 아까 전과는 달리 결기가 많이 가라앉고 표정이 한결 온화해 보인다. 하지만 그들의 입에서는 금방이라도 저주받을 대상을 부끄럽게 하는, 순하지만 가슴에 사무친 말이 튀어나올 것만 같다. '용서해 주자. 용서

해 주자. 용서만이 이기는 길이 아니더냐.'

명태에는 조선 사람들의 얼과 혼이 살아 숨 쉰다. 우리와 삶의 애환을 함께해 온 생선, 명태는 우리 몸의 살과 피가 되어 주고 우리 한민족의 정서와 가장 잘 맥이 닿아 있는 바닷고기임에 틀림이 없을 성싶다. 학교마다 제각각 특성을 살려 교화며 교목을 정하듯, 만일 이 땅의 백성들에게 제일 어울림 직한 우리의 물고기를 정한다면 바로 이 명태로 해도 좋으리라.

명태는 그다지 값나가는 생선이 못된다. 덕분에 주머니 사정이 푼푼치 못한 서민들의 삶의 벗이 되어 주기에는 안성맞춤인 물고기이다. 갈치처럼 비린내를 풍기지 않는다. 고등어처럼 기름기가 번들거리지도 않는다. 그렇다고 상어 같은 늘씬한 몸매를 자랑하는 것도 아니다. 그저 투박스런 생김생김과 소박하고 담백한 맛으로 늘 우리의 식탁을 지켜주는 터줏대감이다. 일상사에 지친 가난한 월급쟁이들의 퇴근길 대폿집 찌갯거리로 명태만 한 것이 또 있을까.

망망대해를 거침없이 유영하다 어느 파도 거세게 몰아치던 날 어부의 그물에 걸려 올라와 덕장 한 모퉁이를 차지하고서 팔려갈 날을 꿈꾸는 명태, 얼핏 그 까만 눈동자에 어리비친 눈물 자국을 나는 보고 말았다. 영생이 어디 별다른 데 있을 것인가. 사람의 뱃속에 장사지냄으로써 새로운 육신의 일부가 되어 또 다른 삶을 이어 나가면 그게 다름 아닌 영생인 것을……. 마치 식물인간의 장기臟器가 다른 사람의 몸에 이식되어 새로운 삶을 계속해 가는 이치처럼.

저 차디찬 북방 캄차카반도 근해에서 태어나 수천 킬로미터를 남하하면서멀고 먼 항행을 거듭하다 운수 사납게 붙잡힌 신세가 되어 마침내 내 살점의 일부로 승화할 명태의 일생, 오늘 아침 식탁에 오른 북어찜을 보면서 그의 힘에 겨웠을 한살이를 위로한다.

"물고기의 몸을 받아 깊은 바다 속 비경秘境 어린 세계에서 하루를 살아도 오히려 충분하거늘, 몇 년 세월을 종횡무진 마음껏 누비고 다녔으니 너의 한평생은 그래도 괜찮은 편이 아니냐. 훠이 훠이 잘 가거라. 부질없던 삶의 애착일랑 모두 다 내려놓고 부디 부디 좋은 곳에서 다시 태어나거라."

잠시 눈을 감은 채 나는 마음속으로 그의 명복을 빌어 주었다. 그러고 나선 무슨 의식이라도 치르듯 살점 한 조각을 집어 들고 천천히 입 안으로 밀어 넣는다. 혀끝에 전해져 오는 짭조름하면서도 달짝지근하고 매콤하면서도 개운한 뒷맛, 생의 마지막 의지처로 삼은 고향이 내 뱃속이 될 줄이야 그는 생각도 못 했을 것이다. 이것은 명태가 바치는 정갈한 육보시가 아닌가. 그만한 공덕을 쌓았으니 다음 생에는 틀림없이 더 나은 인연으로 환생할 수 있으리라.

명태를 앞에 두고 나는, 먼 훗날 언젠가 내 육신이 사위는 날 박테리아의 몸속에 장사 지내게 될 그 최후의 순간을 그려 본다. 따지고 들면, 어차피 명태나 우리들 인간이나 궁극엔 똑같은 운명이 아닌가. 영원한 강자도 영원한 약자도 없이, 서로가 서로에게 물고 물리면서 돌아가는 간단없는 순환이 대우주의 엄숙한 질서인 것을……

빼앗겼던 들에 봄은 왔건만

내가 온다는 소식을 전해 듣기라도 한 것일까. 유월의 초입인데도 벌써 말끔히 이발을 하고서 손님맞이 준비가 끝나 있었다. 동기간이 화목했었던 듯 봉분들이 가지런하다. 마치도 한자리에 모여앉아 가족회의를 열고 있는 것 같은 분위기가 정겹다.

언젠가는 한번 가보리라. 오래 벼르고 벼른 상화 시인의 묘소를 마침내 찾아온 길이다. 선생은 달성군 화원읍의 한 야트막한 산자락 남향받이에 살아생전 그토록 염원했던 광복 된 조국, 그 자유의 땅에 가족들과 함께 편안히 잠들어 있었다.

선생의 묘소 앞에 서서 길게 묵념을 올린다. 순간, 선생이 그토록 뜨겁게 노래 불렀던 「빼앗긴 들에도 봄은 오는가」가 다시금 전류처럼 가슴을 훑고 지나간다.

'빼앗긴 들에도 봄은 오는가', 선생은 스스로에게 물음을 던지면서 몽실몽실 아지랑이가 피어오르는 들판으로 나간다. 시절은 바야흐로 봄기운이 무르익어 온 천지에 흐드러지게 펼쳐져 있다. 그 초록으로 싱그러운 들판이 오히려 선생으로 하여금 조국이 처한 식민치하라는 현실을 더욱 갑갑하게 만들었으리라. 그런 암담한 심경이 "푸른 웃음 푸른 설움이 어우러진 사이로 다리를 절며 하루를 걷는다."는 시구에서 절절히 묻어난다.

하지만 선생은 결코 절망하지 않는다. "그러나 지금은 들을 빼앗겨 봄조차 빼앗기겠네."라는 마지막 구절의 역설적인 표현에서 조국의 광복을 반드시 되찾고 말겠다는 결의에 찬 다짐을 읽어낼 수 있지 않은가.

이것은 어쩌면 염원을 넘어 하나의 예언처럼 들리기도 한다. 그리고 그런 예언은 마침내 현실이 된다. 마흔넷 너무도 아까운 나이에 광복을 눈으로 보지 못하고 저세상으로 떠난 선생, 지금 산새들의 노랫소리가 정겨운 이 아름다운 화원 동산에 누워 평화와 안식을 누리며 조국의 발전상을 흐뭇이 지켜보고 있을 것이다.

일제로부터 잃어버린 국권을 되찾은 지 어언간 칠십여 년의 세월이 흘렀다. 춘래불사춘春來不似春이라고 하였던가. 한때 빼앗겼던 들에 선생이 꿈속에서까지 갈구했었던 봄은 와서 우리는 마음 놓고 자유로운 세상을 구가하고 있다. 그러나 이렇게 나라의 봄은 도래한 지 오래이건만 세상살이의 봄이 오려면 아직도 멀었다 싶다. 한쪽에서는 가진 것을 주체하지 못해 흥청망청하는 이들이 적지 않은데, 다른 한쪽에서는 한 끼 먹을거리에 목을 매는 사람들이 갈수록 늘어난다. 육신의 자유는 우여곡절 끝에 마침내 찾았지만 먹을거리의 자유는 언제 찾아지려는지 하 세월이다. 선생은 무덤에서 깨어나 자신이 간절히 꿈꾸었던 그 봄이 도래한 뒤의 오늘날 상황을 본다면 어떤 생각이 들까. 어쩌면 일제 치하의 모진 억압과 굴레로부터 얻은 자유를 차라리 반납하고 싶은 심정이 될는지도 모르겠다.

세상은 지금 부자와 빈자로 극명하게 양분되었다. 그리고 그 사이의 간극은 시간이 흐를수록 더욱 더 벌어지고 있다. 그 결과 사람살이가 점점 각박해지고 살벌해져 간다. 그로 인해서 기하급수적으로 늘어나는 것이 온갖 부정부패와 극악무도한 범죄다. 부정부패며 범죄는 이런저런 원인으로 생겨나지만, 그 가운데 가장 큰 부분을 차지하는 것이 빈부격차로 인한 상대적 박탈감이 아닌가 한다.

모르긴 몰라도, 선생은 아마 조국이 광복을 되찾기만 하면 모든 것이 다 잘될 것이라고 철석같이 믿었을 게다. 하지만 육신의 자유를 되찾은 이 땅에는 일제에 억압당해 있었을 때보다 더한 고통으로 헤매는 사람들이 부지기수로 널려 있다. 그들은 내일에 대한 희망을 상실한 채 하루하루를 그저 살아내기 위해 몸부림친다. 그들에게는 광복 된 나라에서 고달프게 사는 것보다 오히려, 비록 압제는 받더라도 먹을거리 걱정 없이 살고 싶은 마음이 고래 아니면 굴뚝같을는지도 알 수 없다.

세상이 어쩌다 이렇게 되어 버렸는가. '잘살아보세'라는 구호 아래 허리띠를 졸라매었던 지난날엔 허기진 배를 움켜쥐고 꾸벅꾸벅 일만 했어도 그다지 신세가 처량하다는 생각은 없었다. 언젠가는 나도 잘될 것이라는, 내일에 대한 희망을 걸 수 있었기 때문이다. 그 결과 다들 예전에 비해서는 몰라보게 살기가 좋아졌고, 그리하여 절대빈곤에서는 벗어났다. 그런데도 왜 소금물을 들이켠 것처럼 자꾸만 갈증이 나는 것일까. 상대적 박탈감이 끊임없이 우리를 찰거머리처럼 물어뜯는다.

지금 나는 '꽃다운 정원'인 이곳 화원花園의 야트막한 산자락에 고이 잠들어 계신 상화 선생을 한번 깨워 보련다. 그런 다음, 선생한테 오늘날 이 땅에서 힘겹게 생을 영위해 가고 있는 못 가진 이들의 상대적 박탈감을 메꾸어 줄 먹을거리의 봄을 다시 한 번 노래 불러 주기를 정중히 주문하고 싶다. 그리하여 모든 이들이 생의 즐거움을 누리는 완전한 봄이 하루 속히 도래하였으면 하고 기도한다.

똑같은 말일지라도

언제나처럼 아내와 단둘이서 아침상에 마주앉았다. 이 반찬 저 반찬으로 부지런히 움직이던 아내의 수저가 순두부찌개에 가 닿는 순간 갑자기 얼어붙은 듯 멈췄다. 아내는 뭔가 미심쩍다는 표정을 지으며 찌개그릇에다 코를 들이밀고는 연신 킁킁거린다.

지나가는 말투로 왜 그러느냐고 묻고는 안색을 살폈다. 표정이 일그러지면서 나온 대답인즉슨, 찌개가 맛이 갔다는 것이다. "어디 한번 봐요?" 하며 아내가 하는 양을 따라 코를 가져가 보았다. 내 후각으로는 별반 상한 냄새가 나지 않는다. "아니 괜찮은 것 같은데……" 하고 건네는 나의 반응에 "당신 코가 무뎌서 그렇지."라며 핀잔을 준다.

아내는 평소 음식을 코에다 갖다 대고 냄새를 맡는 버릇이 있다.

그러면서 걸핏하면 변질 타령을 한다. 확적히는 모르겠으되, 어찌 생
각하면 여러 차례 식탁에 오른 찬에 물려 은근히 새 음식을 만들어
먹고 싶은 속마음으로 비쳐지는 느낌이 없지 않다.

오늘 아침의 순두부찌개만 해도 그렇다. 내가 판단하기에는 아무
문제가 없어 보이는데, 아내는 상했다며 공연히 까탈을 부리는 것도
같다. 아내의 핀잔이 돌아온 순간, 반사적으로 내 입에서 불쑥 한마
디가 튀어나왔다.

"당신은 어째 꼭 개 코 같네."

말이 떨어지기 무섭게 아내가 버럭 고함을 지른다.

"뭐라고요? 내가 어째서 개코같은데……"

아내의 느닷없는 역정에 일순 엇 뜨거워라 싶었다.

"글쎄 조금 진정하고 잘 한번 들어봐요. 내 얘긴 그게 개코같다는
소리가 아니라 개 코 같다는 소리라고."

아내는 도대체 무슨 그런 말 같지도 않은 말을 하고 있느냐며 더
욱 언성을 높인다. 나는 또 나대로 내 속마음을 이해하고 받아들이
지 못하는 아내가 야속했다. 둘 사이에 의사소통을 방해하는 사차
원의 벽이 가로막고 있는 것일까. 우리말이 이렇게나 교감이 어려운
언어인 줄을 미처 몰랐다.

잠시 후, 끓어오른 감정을 가라앉히고 가만히 되짚어 보았다. 내
말이 듣기에 따라서는 충분히 상대방의 오해를 살 만도 했겠다 싶

다. '개코같다'와 '개 코 같다'는, 글자 모양으로는 똑같지만 띄어 읽기를 하고 안 하고의 차이로 인해 완전히 다른 의미로 쓰이기 때문이다. '개코같다'는 표현이 하찮고 보잘것없다는 뜻인 데 반해, '개 코 같다'는 표현은 개의 코처럼 후각이 예민하다는 뜻이 아닌가. 아니 그보다도, 띄어 읽기를 하고 안 하고를 떠나서 애당초 말을 꺼낼 때 '개 코 같다' 앞에다 '코가'라는 표현을 넣어서 했더라면 별 문제가 없었을 것을, 어쩌다 그 말을 빼먹은 것이 오해를 불러와 이런 사단이 생겨난 듯싶어 후회막급이다. 하지만 이미 엎질러진 물인 걸 어쩌랴. 두 번 다시 주워 담을 수도 없는 일이니 딱할 노릇이다.

문득 학창 시절 작문 시간에 배웠던 글귀 하나가 떠올랐다. "아버지가 방에 들어가신다."는 문장이었다. 이 문장에서 띄어쓰기를 잘못하여 '아버지' 뒤의 '가' 자를 '방' 자 앞에다 붙여놓으면 "아버지 가방에 들어가신다."는 우스꽝스런 표현이 되어버린다는 용례였다. 그 때 당시 배꼽을 잡을 만큼 재미나게 배웠었기에 반세기 가까운 세월이 흐른 지금까지도 여전히 잊히지 않고 기억의 언저리에 갈무리 되어 있다. 비록 우스갯소리일지언정 띄어쓰기가 얼마나 중요한지를 역설하는 표현이 아닐까. 예의 문장에서처럼, 말을 붙이고 띄움에 따라 그 의미가 백발십도로 달라지는 경우를 일상사에서 심심찮게 만나곤 한다.

우리나라 수도 서울에는 장애인 복지를 위하여 마련해 놓은 시설이 있다. 이름 하여 '서울시장애인의집'이다. 이 명칭이 오해를 불러오기에 딱 그만이다. 물론 '서울시 장애인의 집'이라고 띄어 읽었을 때는 아무런 문제가 생기지 않는다. 그런데 여기서 '장' 자를 '서울시' 뒤에다 붙여 읽으면 '서울시장 애인의 집'이 되어버린다. 만일 가정을 가졌다면 죄 없는 서울시장이 일순간에 부도덕한 인물로 낙인찍힐 수 있는 일 아닌가. 하기야 요즘엔 애인 하나 없는 사람은 '6급 장애인'이라는 소리를 들을 만큼 세상이 변했긴 하지만……

똑같은 말일지라도 띄어쓰기 혹은 띄어 읽기를 어떻게 하느냐에 따라서 이렇게 완전히 엉뚱한 의미로 바뀔 수 있는 것이 우리말이다. 이것이 일쑤 대수롭잖아 보일지 모르는 띄어쓰기며 띄어 읽기 하나라도 결코 소홀히 할 수 없는 까닭이다.

여하튼 그게 그런 뜻으로 한 말이 아니라고 해명하여 아내의 오해를 풀기까지 적잖이 진땀을 뺐다. 한편으론 왜 그리, 굳이 안 해도 될 말을 물색없이 내질러 그 심기 불편한 상황을 연출하고 말았는지 스스로에 대한 자책감으로 마음이 편치 못하다. 참으로 어렵고도 복잡한 것이 사람살이임을 새삼 절감하는 순간이다.

일상사에서 생기는 불필요한 오해가 어디 꼭 의도하고 일어나는 일이던가. 앞으로는 그런 이유 같잖은 이유로 소모적인 설전이 벌어지지 아니하도록 언행을 삼가고, 그리고 무슨 말이든 발음을 할 때에도 좀 더 신중해야겠다며 각오를 다진다.

악구중죄 금일참회

박의 생김새가 특이하다. 빛깔도 낯설다. 관상용이 아닌데도, 마치 호리병처럼 길쭉한 형상에다 아직 풋기가 덜 가신 것같이 거죽이 푸르스름하다. 식용박이라면 으레 풍만한 여인의 엉덩이처럼 둥글넓적한 데다 표면이 백옥 같아야 한다는 고정관념에 젖어 있는 나로서는 도무지 박 같지가 않아 보인다.

추석 차례상을 마련하려는 아내 따라 재래시장 장보기에 나섰다. 너도나도 마트를 선호하는 추세이다 보니 단대목임에도 분위기가 영 썰렁하다. 호주머니 속의 소중한 무언가를 잃어버린 것처럼 마음마저 덩달아 허전해진다.

장판을 이리저리 돌아다니며 제수용품을 얼추 사서 빠져나오는 길이었다. 모퉁이 난전에 쪼그리고 앉아 박을 팔고 있는 할머니가 눈에 띄었다. 가져온 것들이 죄 주인을 찾아갔는지 달랑 한 덩이만 남아 마지막 임자를 기다리고 있다.

박을 대하는 순간, 불현듯 살아생전 늘 박을 넣어서 탕국을 끓이시던 어머니 모습이 떠올랐다. 모양새며 빛깔로는 썩 마음에 차지 않았지만, 그래도 탕국에 넣어 놓으면 어머니의 손맛이 느껴질 듯싶었다. 그런 당신의 지난날이 그리워져서 은근히 아내의 의중을 떠본다.

"여보, 이 박 이거 우리가 떨이해 가면 안 될까요?"

떨떠름해 하는 아내의 표정이 거부의 의사를 분명히 말하고 있었다. 일이 틀어져 버릴 것 같은 낌새를 읽은 할머니가 내 말에 추임새를 넣는다.

"새댁, 탕국에는 박이 들어가야 국물 맛이 시원하지. 생긴 거는 이래도 맛은 그만인 기라. 다들 믿고 사 갔어."

할머니의 모습이며 몸차림 따위로 미루어 절대 거짓말을 할 위인 같지는 않아 보였다. 아내는 결국 청을 못 이긴 듯이 할머니 손에 삼천 원을 건네고 박을 넘겨받았다.

문제는 집으로 돌아와서 벌어지고 말았다. 아내가 탕국을 끓이기 위해 가운뎃부분을 동강내는 순간, 아뿔싸 속이 폭삭 썩어 있는 것이 아닌가.

"거봐요, 왠지 박 같지가 않아서 사지 말자고 했을 때 알아봤어야

지." 아내의 볼멘소리가 메아리 되어 흩어진다.

"어리숭한 게 당수 팔 단이라더니 그 할머니, 행색은 순박해 보여도 여간내기가 아니었어." 나도 한마디 보탠다.

잠시 후, 말을 뱉어놓고 보니 표현이 너무 심했다 싶어 이내 후회의 마음이 들었다. 그 할머닌들 박 속을 들여다보았을 리가 만무하지 않은가. 그런 할머니에게 몹쓸 소리를 입에 담다니…….

쪼개져 나동그라진 박을 물끄러미 바라보고 있으려니 흥부전의 흥부 놀부 이야기에 생각이 미친다. 흥부가 처음부터 박 속에 금은보화들이 가득 들어 있었을 줄 어찌 알았을까. 그저 욕심 없이 주린 배나 채울 마음으로 가른 박이 그처럼 엄청난 행운을 가져다준 것이 아닌가.

그건 놀부도 마찬가지일 게다. 놀부인들 멀쩡한 박 속에 똥물이 꽉 차 있었을 줄이야 꿈에도 생각지 못했을 것이다. 안을 들여다볼 수 있는 투시안을 가지지 못한 이상 내부의 상황을 알아낼 재간이 있을 리 없지 않은가. 그저 마음을 바르게 쓰면 복을 받고 마음을 나쁘게 먹으면 재앙을 당한다는 권선징악의 가르침으로 받아들인다.

고작 단돈 삼천 원에 할머니를 완전히 거짓말쟁이로 몰아세운 나의 찌질맞은 됨됨이가 부끄럽다. 악구중죄惡口重罪 금일참회今日懺悔, 입으로 지은 중한 죄를 참회하는 심정으로 천수경 구절을 되뇐다.

비단 입으로 지은 죄만도 아니다. 몸과 입과 마음으로 짓는 죄 가운데 마음으로 짓는 죄가 가장 크다고 했던가. '저런 할머니들은 하나같이 겉으론 어리숭한 체해도 속으로 호박씨는 다 까고 있어' 시장판의 노전 할머니들을 도매금으로 넘긴 못난 마음자리를 뉘우친다.

그렇다고 기분이 완전히 개운해진 것은 아니다. 내내 찜찜한 감정은 어쩔 수가 없다. 할머니를 만나 문제의 박이 어떤 경로로 시장 구경을 하게 된 것인지 내막을 한번 물어나 보아야 직성이 풀릴 것 같다.

이따금 시장에 갈 때면 그 할머니가 나오지 않았나 싶어 박을 샀던 자리를 기웃거리곤 한다.

순간의 삶, 영원의 삶

오월은 한낮의 졸음을 물리치기가 겨운 시절이다. 점심을 끝내고 나니 봄기운에 취한 고양이마냥 눈꺼풀이 무거워 온다.

식곤증도 떨쳐 버릴 겸 해서 운동화로 갈아 신고 슬슬 산책을 나선다. 근무처가 소방도로 하나를 사이에 두고 가톨릭 대구대교구청과 이마를 맞대고 있는 덕분이다. 설렁설렁 바람을 쐬며 머리를 식히기에 참 안성맞춤인 곳이다.

아름드리 갈참나무와 회나무, 느티나무, 은행나무 들이 어느새 짙은 그늘로 터널을 만들어 놓았다. 폐부 깊숙이 나무들이 뿜어내는 피톤치드로 헹궈내고 나니 나른하던 몸에서 한결 기운이 솟는 느낌이다. 팍팍한 일과 중에 잠시 짬을 내어 갖게 되는 오아시스 같은 즐거움, 대도시 한복판에서 이처럼 한가로운 시간을 호사할 수 있다는 것은 작은 축복이 아니다.

이리저리 마음 내키는 대로 걸음을 옮기다 보니, 오늘도 습관처럼 성직자 묘역으로 발길이 닿았다. 묘역 입구의 붉은 벽돌담에 라틴어로 씌어진 글귀 하나가 묘한 여운을 끌면서 옷깃을 여미게 만든다.

'HODIE MIHI CRAS TIBI'
(오늘은 나에게 내일은 너에게)

먼저, 줄지어 늘어선 사제들의 무덤 앞에 서서 매무새를 고치고 경배를 올린다. 내 비록 천주교 신자는 아니지만, 먼저 가신 분들에게 예를 갖추는 것이 산 자로서의 기본적인 도리라는 생각 때문이다.

그런 다음, 소리 나지 않게 까치발로 옮겨 다니며 묘비에 새겨진 한 분 한 분의 생몰 연대를 찬찬히 더듬어 내려간다. 더러는 고종명을 한 이름들도 보이고, 더러는 꽃다운 나이에 꺾이고 만 이름들도 눈에 뜨인다. 그 생존 기간의 차이가 유원한 역사 가운데서 무슨 의미가 있을 것인가. 이전에 거쳐 갔을 누군가의 발자취를 지금 내가 따르고 있듯이, 오늘은 내가 여기를 둘러보지만 내일은 또 다른 누군가가 그 역할을 대신하리라.

이 묘역 앞에 설 때면 나는 늘 '순간과 영원'의 의미를 생각한다.

백 년도 채 채우지 못하고 꺼질 우리 사람의 한살이가 순간이라면, 그 이후는 영원이 아닌가. 영원의 세계를 지배하는 절대적 존재가 과연 있는지 없는지는 범부인 나로선 결코 알아낼 수 없는 저 언덕 너머의 일이다. 그리고 만일 있다고 한들 여기 잠들어 있는 사제들이 그 영원의 세계에서 구원을 얻었는지 어땠는지도 헤아리지 못한다. 다만 이분들이 순간을 영원으로 살기 위해 치열하게 고행의 길을 걸었으리라는 사실만은 부인할 수 없을 것 같다. 그러면서, 어떡하든 그저 마르고 닳도록 살려고만 발버둥 치는 것이 얼마나 부질없는 일인가를 저리게 깨닫는다.

기나긴 역사 가운데서 한 개체에게 허여된 생존의 기간이란 얼마나 눈 깜작할 순간에 지나지 않는 것인가. 이러한 이치를 헤아려 보건대, 정녕 바람직한 인생이란 얼마나 오래 살아남았느냐에 있는 것이 아니라 얼마나 값지게 살았느냐에 있는 것이 아닐까. 그래서 초발심자경문初發心自警文이니 성경이니 논어 같은 경전들은 하나같이 순간을 영원으로 살라고 가르치고 있는지도 모르겠다.

순간을 순간으로 살 것인가, 순간을 영원으로 살 것인가. 이는 각자가 취할 선택의 몫이다. 성직자 묘역은 나에게, 너에게 그리고 우리 모두에게 그 선택의 기준을 말없이 던져주고 있다.

가르침의 방식

학생들에게 체벌을 가하여 물의를 일으키는 교사의 이야기가 이따금 언론을 떠들썩하게 한다. 그들은 하나같이 자신의 행위를 '사랑의 매'라며 정당화하려 든다.

일전에도 그랬다. 경북 포항의 한 고등학교 교사가 숙제를 해오지 않았다는 이유로 제자에게 빗자루로 무려 오백 대나 때렸다는 소식이 우리 사회에 큰 파문을 일으켰다. 이쯤 되면 사랑의 매가 아니라 감정이 실린 구타라고 하는 것이 맞는 표현일 성싶다.

지금이 어떤 세상인데 그런 무지막지한 방식으로 학생을 지도하려 들었을까. 어찌 보면 참 순진하다고 해야 할지 어리석다고 해야 할지……. 아니, 가르침에 대한 열정을 자기 식으로 그렇게 표현한 것이라고 역성을 들어 줄 수도 있을지 모르겠다. 사연을 접하노라니 서른 해 전의 기억 하나가 뇌리를 스쳐간다.

한때 대구시내 K고등학교에서 교사 생활을 하고 있을 때의 일이다. 그 학교의 교장이 예의 선생과 닮은 구석이 많았다. 권○○ 교장이라면 당시 지역의 교육계에서는 모르는 사람이 없을 만큼 누구도 못 말리는 대단한 다혈질에다 불같은 성격의 소유자였다. 작달막한 키에 딱 벌어진 어깨를 지닌 다부진 체격, 일흔이 넘은 나이가 무색할 정도로 우렁찬 목소리에서는 기백이 넘쳐났다. 얼굴은 언제나 술에 취한 것처럼 벌겋게 상기되어 있었다. 이제 와서 가만히 생각해 보니, 그분은 아마도 태양인 체질에다 고혈압 같은 지병을 지니고 있었지 않았던가 싶다.

그의 교육 방식이랄까 철학이랄까, 하여간 학교 운영 방침이 여느 교장들과는 너무도 달랐다. 체통과 위신을 생각해서 점잔을 빼는 것이 일반적인 교장상이라면, 권 교장은 그런 형식을 과감히 벗어던지는 소탈한 위인이었다. 그는 교장실에 가만히 앉아 있는 법이 없었다. 시간 시간마다 교사校舍를 순회하면서 학생들의 학업 성취를 독려했다. 오른손에는 항상 회초리가 들려 있었다. 한창 수업 중에도 복도를 지나가다 장난을 치거나 조는 학생이 보이면 교실 문을 벌컥 열고 들어가 사정없이 등짝을 후려갈겼다. 교사의 교권 같은 것이야 침해당하건 말건 전혀 아랑곳하지 않았다. 그는 그것이 참 교장상

혹은 진정한 스승상이라고 여겼는지 모르겠다.

지금 그때를 뒤돌아보니 너무나 달라진 상황과 비교가 되어 격세지감이 느껴진다. 학생들에게 털끝만큼도 손을 대어서는 아니 되는 것이 오늘의 교육 현장 아닌가. 만일 권 교장이 요즈음 같은 세상에서 그런 방식으로 학교를 이끌어 나간다면 온 나라에 난리가 나고도 남았을 일이다.

나는 그를 매도할 마음은 추호도 없다. 그것이 그의 교육 철학이었을 것이고, 그것도 나름대로 하나의 가르침의 방식이라고 치부할 수도 있을 것이기 때문이다. 다만 그 방법이 남달랐을 뿐이라 믿고 싶다. 그 역시 자신의 행위를 당연히 사랑의 매라고 여겼을 것임이 분명하다.

가르치는 일을 두고 흔히 '교편을 잡다'라는 표현을 쓴다. 가르칠 교敎 채찍 편鞭, 학생들을 가르칠 때 교사가 드는 채찍이라는 뜻을 지닌 말이 이 교편 아닌가. 그러니 매를 든다고 해서 무조건 잘못된 교육 방식이라고 비난할 수는 없을 성싶기도 하다. 다만 그 매가 얼마나 교육적이냐 하는 것만이 항시 논쟁점이 될 따름이다. 교편을 빙자하여 물리적인 폭력이 자행되는 일이 비일비재하게 일어나고 있으니 사회문제로 떠오르는 것일 게다.

사랑의 매와 폭력 사이에는 경계가 불분명하다. 체벌을 하는 교사 자신은 사랑의 매라고 여길지 몰라도, 당하는 학생 입장에서는 그것을 폭력으로 받아들일 수 있기 때문이다. 이를테면 요즘 한창 화젯거리가 되고 있는 성폭력 문제만 해도 그렇다. 가하는 사람은 사랑이라고 우기지만 피해를 입은 상대편에서 수치심을 느꼈다면 그럴 경우 범죄로 규정하고 있는 것이 지금 우리 사회의 법 잣대 아닌가.

이 '사랑의 매'에 있어서도 마찬가지일 터이다. 굳이 물리적인 수단인 매로써 학생들을 가르치려 할 필요가 있을까. 꼭 회초리만이 매라고 강변하지는 못할 것이다. '마음의 매'가 얼마든지 사랑의 매를 대신할 수 있다. 아니, 마음의 매가 회초리로 가하는 매보다 오히려 훨씬 큰 감화력을 지녔다는 사실이 여러 연구에서 입증되고 있지 않는가.

무슨 일에서든 걸핏하면 마음을 다치는 여려터진 성정 탓이었으리라. 당시 권 교장의 그 독특했던 교육 방식이 나로서는 도무지 받아들여지지가 않았다. 아니 도저히 받아들일 수가 없었다. 그만 나타났다 하면 저승사자라도 맞닥뜨린 듯 학생들보다 정작 내가 먼저 주눅이 들었다. 멀쩡하던 가슴이 벌렁벌렁 뛰고, 가만히 있던 손은 수전증 환자처럼 덜덜덜 떨렸다.

밤이면 밤마다 불면의 시간을 밝히며 고뇌의 나날이 이어졌다. 몸과 마음이 하루가 다르게 피폐해져 갔다. 이를 기화로 더 늦기 전에 오래 갈망해 온 창작에의 길로 방향을 선회하자. 극심한 정신적 방황 끝에 마침내 결심을 굳혔다. 그러고 나니 마음이 한없이 편해졌다. 그리고 얼마 뒤 제자들과의 짧은 인연을 뒤로한 채 학교를 떠났다.

　그로부터 몇 해 지나지 않은 어느 날이었다. 권 교장이 갑자기 세상을 하직했다는 소식이 풍문으로 날아들었다. 순간, 나의 입에서는 깊은 탄식을 담은 독백이 신음처럼 터져 나왔다.

　"아! 그렇게 살다가 갈 것을……"

단거는 단거DANGER하다

또다시 대형 금융사기 사건이 터졌다는 소식이 전파를 탔다. 높은 이자를 준다는 말에 현혹되어 한푼 두푼 모아 둔 알토란 같은 돈을 갖다 맡겼던 투자자들의 절규가 TV 화면을 달구고 있다. 가슴을 치며 울분을 토해내는 그들의 모습이 연민의 마음을 불러일으킨다.

고수익을 미끼로 던진 사기꾼의 낚싯줄에 눈먼 물욕이 여지없이 걸려든 결과이다. 덥석 미끼를 무는 순간 불행으로의 귀결은 이미 예고된 것이나 마찬가지다. 누구를 원망하랴, 늘 그놈의 허황된 탐심이 원수인 것을. 물론 사건의 일차적인 문제야 당연히 사기꾼에게 있을 터이지만, 기실 따지고 들면 마수에 걸려든 그들의 잘못도 전혀 물을 수 없는 것만은 아니지 않은가.

별의별 사기 사건이 하루도 거르지 않고 일어나고 있다. 그 근본 원인을 인간의 본능적인 욕망에서 찾아야 한다고 생각한다. 사기꾼들은 그러한 심리를 교묘하게 이용해 먹는 데 천부적인 재능을 타고난 위인이다.

항용 사탕발림에 쉽사리 속아 넘어가는 헛똑똑이가 인간이라는 존재인가 싶다. 눈 뜨고도 코 베어 간다는 속담이 생겨난 것을 보면, 번히 알면서도 자신도 모르는 사이 그 유혹에 말려들게 되어 있는 모양이다. 처음부터 사기를 당할 것이라며 못 미더워 경계심을 두는 사람이 과연 얼마나 있을 것인가. 마치 마취제에 취한 듯 몽롱한 상태에서, 의식은 하지만 마음이 움직여 주지 않는다. 나중에 일이 잘못되었음을 깨닫고 정신을 차렸을 때는 이미 기차 떠나가고 난 뒤이다. 내가 왜 그랬던가 하고 쓰린 후회의 감정을 쏟아내지만 엎질러진 물인 것을 어쩌랴.

달콤한 말은 독성이 너무 강해서 수많은 사람들을 죽음에 이르게 만든다고 한다. 그러기에 옛 경전에서도, 좋은 약은 입에 쓰나 병에는 이롭고 충고하는 말은 귀에 거슬리나 행실에는 이롭다고 가르치고 있는가 보다.

시쳇말로 "단거는 단거DANGER(위험)하다"라는 언어유희가 있다. 물론 호사가들이 꾸며낸 우스갯소리일 터이다. 하지만 비록 우스개일망정 그 속에는 우리가 절대 간과해서는 아니 될 금과옥조의 생활

철학이 담겨 있다. 단것의 입말인 '단거'와 영어 단어 DANGER의 우리말식 발음인 '단거'가 공교롭게도 일치를 보인다. 이를테면 '단거=DANGER'라는 등식이 성립되는 셈이다.

이렇게 이야기하면 두 낱말의 발음을 억지로 갖다 붙여 되지도 않을 논리를 펴고 있다며 못마땅하게 여기실 분이 있을지 모르겠다. DANGER의 정식 영어 발음이야 당연히 '데인저'임은 두말하면 잔소리다. 하지만, 요즘 아이들이 '정말' 혹은 '진정'이라는 의미를 지니고 있는 영어 형용사 REAL을 두고서 '리얼'로 읽지 않고 입버릇처럼 '레알'이라고 하는 것을 보면 DANGER를 '단거'로 발음하여 우리말 단것의 입말인 '단거'와 등식 관계를 만든다고 해서 무작정 억지라고만 여길 일도 아니지 않은가. 이러한 논리로 따졌을 때, 두 낱말이 지닌 발음상의 동일성을 갖고서 의미상의 인과성으로 연결시킨 발상이 참 놀랍고 기발하다 싶다.

어쨌든 단것이 위험하다는 사실은 하나의 절대 진리인지도 모르겠다. 달달한 설탕이 우리의 육신을 망가뜨리듯 달콤한 말은 우리의 영혼을 병들게 만든다. 사탕발림의 유혹에 넘어가 집안이 풍비박산 되는 일이 세상사에서 얼마나 다반사로 일어나는가. 우리네 삶에서의 대다수 불행의 씨앗은 어쩌면 이 때문에 연유한다고 하여도 그다지 틀린 말은 아닐 게다. 사랑의 밀어에 속아서 몸을 망치고 인생이 뒤틀려 버리는 일도 결국 단것의 유혹을 물리치지 못하여 생겨나는 비극 아닐까.

개미가 꿀을 먹으러 꿀단지 안으로 들어갔다가 도리어 거기에 빠져 죽는 상황을 이따금 목격하게 된다. 달콤한 것에는 이처럼 항상 위험이 도사리고 있기 때문이다. 개미는 미련하게도 꿀의 달콤함만 알았지 그 안의 허방다리를 헤아리지 못한다. 우리가 살아가는 사회인들 개미의 행태와 무엇이 다를 것인가.

세상은 하나의 거대한 함정의 늪이다. 이 늪은 늘 위장막으로 가리어져 있어 겉으론 아름답고 평온하게만 보이는 경우가 다반사이다. 삶의 도정에서 언제 어느 때 그 허방다리를 만나 곤경에 처하게 될는지는 아무도 모른다. 그러기에 항시 경계심을 늦추지 말아야 할 것이다. 아니 그보다는, 아예 처음부터 위험한 상황을 만들지 않으려면 분에 넘치는 욕심 자체를 버릴 일이다. 단거는 DANGER한 것이기에.

문명의 이기, 이기를 가르치다

분복대로

정원수로 한때 향나무가 크게 인기를 끌었던 시절이 있었다. 학교, 병원, 행정관청 같은 공공시설은 말할 것도 없고, 크고 작은 개인회사며 심지어 가정집 앞마당에까지 향나무 심기가 열풍처럼 불었다. 그 때는 모두들 정원수라 하면 향나무 아니고선 아니 되는 줄로 알았다.

수요가 많아지면 자연히 값어치도 올라가게 마련인 법, 몸피가 어른 팔뚝 정도만 된다 싶으면 한 그루에 자그마치 이삼십 만 원은 너끈히 호가했었다. 이십여 년 전의 금새로 쳐서 웬만한 봉급쟁이의 근한 달치 월급과 맞먹는 금액이다. 향나무에 대한 대접이 그렇게나 좋았다.

잘 다듬어진 향나무들로 가꾸어진 정원은 우선 그 집의 품격을 가늠할 수 있게 했다. 먼발치에서 바라다보면 몽실몽실한 자태가 마치 거대한 꽃봉오리들을 연상케 만들었다. 게다가 바람 없는 겨울날 향나무 위에 함박눈이라도 살포시 내려 덮이면 가히 환상적인 풍경을 연출해 내었었다. 그때의 정서로는 그처럼 기품이 있어 보이던 나무였다.

하지만 세상일이란 것이 다 그러하듯 나무심기도 유행을 타는 모양이다. 딱히 언제부터라고 꼬집어 말할 수는 없지만, 서서히 변화의 바람이 일기 시작했다. 사람들의 선호도가 시나브로 향나무에서 소나무로 바뀌어 간 것이다. 이젠 제법 그럴듯하게 꾸며졌다 싶은 집의 정원에는, 값어치가 상당할 성싶어 보이는 소나무 한두 그루쯤은 으레껏 심어져 있다.

자연 향나무는 천덕꾸러기 신세가 되었다. 부르는 게 값이던 금도 갯값으로 떨어졌다. 한때의 유행을 좇아 대량으로 향나무를 길렀던 많은 식물원들은 도리어 그 처치에 골머리를 썩여야만 했다. 이로 미루어 살피면, 미美에 대한 가치 기준이랄까 태도 같은 것도 한결같지는 않아서 시절 따라, 세월 따라 부침이 심한 것이 세상사인가 보다.

사람들이 한동안 그리도 선호하던 향나무에 싫증을 내게 된 데는 다 그만한 이유가 있다. 그것은 끊임없이 변하고 바뀜을 추구하는 인간 존재의 본질적 속성 때문이 아닌가 한다. 예쁘게 가꾸어진 향나무는 사람으로 치자면 성형한 미인이다. 부지런히 깎고 다듬고 고치고 해서 한껏 모양을 낸 작위적인 아름다움, 이런 아름다움에는 자신만의 색깔이 없다. 판에 넣어 박아낸 다식茶食처럼 모두가 그게 그 모양이다. 그러다 보니 쉽사리 식상해지게 된 것은 어쩌면 당연한 귀결이었을지 모르겠다.

우리네 삶도 여기서 크게 벗어나지는 않을 것 같다는 생각이 든다. 세상의 사람들이란 본래 각인이 각색 아닌가. 저마다 생김생김이 다르고 개성이 다르고 타고난 재능도 천차만별이다. 학교 공부를 잘하는 사람이 있는가 하면 운동에 소질이 있는 사람이 있고, 그림을 잘 그리는 이가 있는 반면 기계 만지는 데 능한 이도 있다.

이치가 이러함에도 요즈음의 교육은 모든 아이들을 형틀에 부어서 찍어내는 블록같이 만들려고 한다. 새장 속에 든 새처럼 길들이려 애쓴다. 이것이 오늘 우리 교육의 현주소이다. 소나무는 소나무대로, 단풍나무는 단풍나무대로, 모과나무는 모과나무대로 그 타고난 속성이 각기 다른데도 도무지 그걸 인정하려 들지 않는다.

언제부턴가 놀이터에서 아이들의 모습이 사라져 버렸다. 참새 떼같이 재깔거리던 그 많은 아이들이 대체 다 어디로 간 것일까.

요새 아이들은 어른들보다 더 바쁘다. 학교 갔다 오자마자 거실에다 책가방 휙 던져놓기가 무섭게 이 학원 저 학원, 이 교실 저 교습소를 전전하느라 아이들은 사정없이 거리로 내몰린다. 맞춤교육을 욕심내는 잘난 부모들의 등쌀에 천진난만한 동심이 멍들어 가고 있다. 그 묘목 같은 것들이 도무지 기를 펴지 못하고 부모들이 얽어 놓은 욕망의 틀 속에 갇혀 고통 받아야 하는 모습을 보면 애처롭고 안쓰럽다. 그런 아이들의 처지가 마치 성장을 저지당한 채 주인의 취향대로 가꾸어지는 향나무 신세를 닮았다.

저 푸른 하늘을 훨훨 날아다니는 새처럼 마음껏 뛰어놀도록 자유롭게 풀어주지는 못할까. 허공을 찌를 듯이 쭉쭉 뻗는 미루나무처럼 근심 없이 자라나게 할 수는 없을까.

성장이 저지당하면 필시 이런저런 병마가 찾아오기 마련이다. 비만이니 소아당뇨니 하는 육신의 병도 물론 그러하려니와, 특히 우울증 같은 마음의 병이 깊어진다. 요즘 아이들의 가슴속에 예전에는 상상조차 할 수 없었던 자살 충동 성향이 날로 위험지수를 높여 가고 있는 것도 결코 우연은 아닐 것이다.

언제였던가, 어머니의 지나친 성화로 공부에 대한 중압감을 이겨내지 못한 한 초등학생이 유서를 남기고 스스로 세상과의 인연을 끊은 사건이 우리를 가슴 아프게 만든 적이 있다. 부모의 비뚤어진 자식 사랑이 채 피어 보지도 못한 어린 목숨을 죽음의 벼랑으로 내몰고 만 것이다. 아이는 모름지기 아이답게 길러야 하는 법이거늘, 이 하늘의 해 같은 이치를 거스르다 보니 필연적으로 빚어진 비극이 아닐까. 우리는 지금 모두들 오리의 짧은 다리를 학의 멀쑥한 다리로 만들려는 어리석음에 **빠져** 있다. 향나무처럼 고만고만한 모양새로 가꾸려고 안달복달하고 있다.

세상살이의 이치란 그리 간단치 않은 법이어서, 똑같이 베푼 행위가 어떤 개체에게는 크게 도움을 주는 반면에 어떤 개체에게는 치명적인 해악으로 작용하게 된다. 새에게는 우거진 숲이 그들의 천국이고 물고기에게는 깊은 연못이 그들의 천국 아닌가. 물고기가 물을 사랑함을 가지고 새를 연못으로 옮겨서도 아니 될 것이며, 새가 나무를 사랑함을 가지고 물고기를 숲으로 옮겨서도 아니 될 일이리라.

우리 아이들로 하여금 나름의 분복대로 제 빛깔과 향기를 뿜어낼 수 있도록 자유롭게 놓아 주어야 하지 않을까. 꾸밈없이 크는 소나무 같은 인격체로 자라나도록 하는 것이 보다 바람직스럽지 않을까.

침묵의 콩나물시루

무슨 일이든 많이 해 본 사람이라야 잘한다. 이른바 노하우라는 것을 그리 만만히 볼 모가 아니다. 그저 뚝심 하나 믿고 무작정 덤벼 들었다가는 십중팔구 실패로 끝이 날 게 뻔하기 때문이다.

콩나물 기르기 같은 지극히 단순해 보이는 일 하나만 해도 그렇다. 얼른 생각하면 누구나 다 잘할 수 있을 것 같기도 하다. 하지만 그게 말처럼 그리 쉽지가 않다. 덮어놓고 물만 자주 주면 그만이라고 생각하면 오산이다. 거기에도 나름의 중요한 비법이 숨어 있다. 그 비법을 미처 깨닫지 못했으니, 딴엔 잘한다고 한 일이 오히려 저지레 가 되고 만 셈이다.

아내가 아침 일찍 나들이를 가는 바람에 시루의 콩나물 물주기가 오늘은 내 몫으로 돌아왔다. 아내는 아무래도 미덥지가 않은 모양이다. 시간 시간마다 때맞춰 돌봐야 한다며 어린아이에게 이르듯 두 번 세 번 신신당부를 잊지 않는다.

'걱정도 팔자시군, 흠흠. 그것 하나 제대로 못 해낼 내가 아니지.'

이렇게 내심 자신만만해 하며 호기를 부렸다. 좀 쑥스러운 얘기지만, 솔직히 한번 멋지게 길러내 아내로부터 점수를 따 보고 싶은 마음이 없지 않았다. 평소 이런저런 가정사로 줄곧 핀잔만 들어온 터수이니, 그동안 잃은 점수를 만회할 절호의 기회 아닌가.

콩나물이 자라는 데는 무엇보다 신선한 생장수가 좋을 것 같았다. 씨앗을 심어 놓고 어서 빨리 크라며 움터 나오는 싹의 목을 쏙쏙 뽑아 올렸다는 중국 송나라의 어느 어리석은 농부 심정으로, 급수전에서 금방 자아올린 깨끗한 수돗물을 부지런히 시루에다 끼얹었다. 그러기를 한나절 그리고 또 한나절, 알뜰히 시간을 재어 가며 돌보느라 딴에는 적잖이 정성을 쏟았다.

그랬는데, 아 글쎄 그게 아니었던 모양이다. 처음에는 말갛던 물이, 주는 횟수가 거듭될수록 누렇게 변색이 되어 갔다. 그러더니 나중엔 마치 신장염 환자의 오줌처럼 뿌글뿌글 거품까지 이는 것이 아닌가. 아내가 물을 줄 때와는 사뭇 낌새가 다른 걸 보면, 무언가 일이 잘못되고 있음이 틀림없었다. 내심 '이게 아닌데, 이게 아닌데……' 하고 계속 의아심을 가지면서도, 웬 되지도 않을 황소고집인지 내 물주기는 미웁스럽게 이어졌다.

결국 문제가 심각해졌음이 밝혀진 것은 아내가 돌아오고 난 다음이었다. 시루를 덮고 있던 검은 옥양목 천이 벗겨지는 순간, 아내의 미간이 잔뜩 일그러진다. 시루 가득 갓 싹틔움을 끝낸 콩나물들이 올챙이처럼 까맣게 죽어 있질 않은가. 그때서야 완전히 상황이 뒤틀려 버렸음을 깨닫고 뒤늦게 뉘우쳐 보지만, 이미 엎질러진 물인 걸 어쩌랴. 콩나물 기르는 데는 수돗물을 곧바로 받아서 쓰면 아니 된다는 기본적인 사실조차 몰랐던 내 무지가 빚은 참사였다.

그 광경을 지켜보고 있자니, 불현듯 레이첼 카슨의 소설『침묵의 봄』의 한 장면이 떠올랐다. 모든 생명활동이 멈추어져 버린 아득한 절망의 세계, 콩나물시루 속은 그야말로 '완전한 침묵'의 현장이었다. 얼마나 물이 독했으면 뾰족뾰족 움터 나오던 싹이 죄 문드러져 버렸을까. 평소 깨닫지 못해서 그렇지, 우리는 날이 날마다 이 무색투명한 독성물질을 벌컥벌컥 들이켜고 있었던 셈이 아니냐.

의학 용어 가운데 '외상 후 스트레스 증후군'이라는 질병이 있다. 전쟁이나 테러, 교통사고, 성폭력 등과 같은 충격적인 일을 한 번 겪고 나면, 그 정신적 압박감이 뇌리에서 지워지지 않고 지속적으로 나타나는 불안 장애를 일컫는 말이다. 학습효과란 그만큼 무서운 것인가 보다. 이십여 년 전, 며칠간 낙동강을 죽음의 물로 만들었던 페놀 오염 사고는 수돗물에 대한 우리의 불신지수를 극대치로 높여 놓았었다.

　이제 기억의 스크린에서 완전히 지워지고 말았는가 싶다가도, 이번 일처럼 무슨 계기만 주어지면 언제든 불쑥불쑥 되살아난다. 굳이 페놀같이 치명적인 성분은 아니라 해도 상황은 마찬가지다. 고도 정수 처리를 위해 섞어 탄 수다한 약품들이 생명을 해치는 독소가 될 수 있음은 넉넉히 미루어 짐작이 가능한 일이다.

　어찌 수돗물 하나에 한하겠는가. 음식물을 섭취하는 과정에서 가지가지의 환경호르몬이며 중금속 제제들은 자신도 모르는 사이에 우리들 몸속에 켜켜이 쌓여 간다. 콩나물이 그럴진댄 어디 사람인들 온전할 수 있을 것인가. 다만 콩나물은 말라깽이처럼 예민하게 반응을 하는 데 비해, 우리 몸은 뚱뚱보같이 반응이 무디어서 이제껏 자각을 못 한 채 지내 왔을 뿐이다. 아니면, 설사 자각은 한다손 치더라도 새끼손가락과 엄지발가락이 느끼는 체감도의 차이라고 해도 좋으리라. 이 침묵하는 죽음의 그림자들에 우리 몸은 서서히 옥죄여 들어가, 궁극엔 암 같은 몹쓸 병으로 이행되는 비극적 결과로 이어질 것만 같아 어쩐지 불안스럽다. 이런 불길한 상상에 빠져 있으려니 불현듯 뭉크의 '절규'가 온몸으로 엄습해 온다.

　오늘 저녁엔 헛구역질이 더욱 심해질 것만 같아 양치질하기가 자꾸 겁이 난다.

가면놀이

덩실덩실, 신명난 춤사위가 허공을 가른다. '얼~쑤, 얼~쑤', 연신 넣어대는 추임새로 애드벌룬 띄우듯 분위기가 달아오른다. 둘러선 구경꾼들의 눈과 눈이 일제히 춤판으로 모아진다. 등장인물과 관객들은 어느새 하나가 되었다. 학부 시절, 수양버들 해 그림자가 장승처럼 키를 키우던 어느 봄날 오후는 그렇게 깊어갔다.

일청담日淸潭 연못가의 잔디 광장에서 한바탕 거방지게 놀이마당이 펼쳐졌었다. 난생 처음으로 구경한 그날의 탈춤에 나는 완전히 매료되고 말았다. 그것은 여태껏 알지 못했던 새로운 세계로의 초대였고, 가슴을 요동치게 만드는 감동이었다. 그때의 감동이 기억 저편에 깊숙이 각인된 채 오랜 날들 동안 나를 지배했다.

안동의 하회 민속마을을 찾은 것은, 그로부터 강산이 두어 번이나 바뀔 만큼의 세월이 흐르고 난 뒤였다. 하회는 충절의 고장이기도 하지만 탈의 고장이 아닌가. 아마도 그래서이지 싶다. '하회' 하면 가장 먼저 떠오르는 것이 탈춤이다. 별신굿탈놀이의 전승지傳承地인 그곳을 언젠가는 꼭 한번 찾아가 보리라. 가서 하회탈의 원형을 만나고 오리라. 이렇게 벼르고 벼르던 다짐을 그때서야 마침내 실행에 옮긴 것이다.

기괴한 형상의 탈과 탈들이, 띄엄띄엄 들어선 민속품가게를 점령하고서 방문객을 맞는다. 뭉툭한 코에 치켜 올라간 눈꼬리, 헤벌쭉이 벌어진 입, 웃는 듯 우는 듯 찡그린 듯 조롱하는 듯한 표정, 하나같이 예사롭지 않은 모습들이다. 그 얼굴들에서 억눌림 당하고 천시받으며 헤쳐 온 하층계급의 질곡의 삶을 읽어낸다. 험상궂은 것 같으면서도 익살맞고, 친근감이 들면서도 어딘지 범접할 수 없는 위엄이 서려 있는 하회탈, 그 야릇한 분위기가 마음을 사로잡았다.

사실 나는 춤을 그다지 좋아하지 않는 편이다. 정신을 혼곤하게 만드는 밤꽃 냄새 같은, 남녀의 밀고 당김과 떨어졌다 엉겨 붙음의 그 끈적이는 몸동작이 어쩐지 생리에 맞지 않는 까닭이다. 그런데도 유독 탈춤에서만큼은 그러한 역겨움이랄까 거부감 같은 것이 느껴지질 않는다. 그것은 탈춤 속에 감추어진, 세상을 향한 희화적이면서도 준열한 꾸짖음 때문이라고 해도 좋겠다. 탈춤은 탈난 세상을 질

타하는 아웃사이더들의 몸짓언어이다. 때로는 해학적으로, 때로는 능청스럽게 양반의 허위의식을 꼬집고 파계승의 일탈을 조롱하며 과부의 부도덕을 나무란다.

탈은 처음 생겨날 때 풍자를 위해 고안된 물건이 아닌가 싶다. 그것은 힘이 약한 자가 강한 자에게 대적할 수 있는 아주 안성맞춤인 무기가 된다. 십 년 묵은 체증이 한꺼번에 풀려나가는 듯 시원스럽고 통쾌한 배설, 여항의 울림과 웃김이 탈춤의 표정 속에 살아 숨 쉰다. 이렇게 탈은 본래 건강한 평민정신을 대변하는 수단이었다. 그러던 것이, 어느 때부터인지 자신의 정체를 숨기는 가면으로 변질이 되고 말았으니 그야말로 단단히 탈이 나 버렸다고나 할까.

이따금 우리네 세상살이라는 것이 어쩌면 한마당의 가면놀이 같다는 생각이 들곤 한다. 오늘날처럼 생존경쟁이 예각으로 날을 세운 때가 있었던가. 이 치열한 삶의 현장이 사람들로 하여금 자꾸만 가면을 강요하는가 보다. 그리하여 자신의 본모습을 감추고서 '나 아닌 나'로 행세하게 만든다. 이는 마치 이해 당사자들은 뒤로 물러나 앉고, 대리인들끼리 나서서 다툼을 벌이는 것 같은 형국이다.

요즘 시대는 점점 더 가면에 의지하지 않고는 살아내기가 벅찬 세상이 되어간다. 그래서 내남없이 마음의 가면 하나씩을 쓰고 타인을 대하는지도 모르겠다. 이것은 필연적으로 서로에 대한 신뢰성 상실을 불러온다. 내가 남을 믿지 못하고, 똑같이 남도 나를 믿지 못한다. 온갖 사기며 협잡이며 허언이 판을 친다. 그러다 보니 번히 눈 뜨고도 코 베임을 당하기 일쑤이다. 수단 방법을 가리지 않고 남들 위에 올라서려고 눈에다 핏발을 세운다. 이 팽팽한 긴장은 진흙탕 속에서의 다툼처럼 처절하다. 이런 격렬한 싸움터에서 정정당당한 승부를 기대하는 것은 나무 위에서 물고기를 구하는 격이다. 한시도 경계의 끈을 늦추지 못하고 항시 탐정이 되어 지뢰밭 같은 생존의 현장을 헤쳐 가야만 한다. 자연 세상살이가 고달파질 수밖에 없다.

언젠가, 자유를 찾아 사선을 넘어온 탈북동포들이 남한 사람들을 두고 하나같이 모리배 같다고 폄훼한다는 이야기를 들은 적이 있다. 나는 그들의 그런 혹독한 비난에 대해 변해의 말을 찾지 못하겠다. 우리는 가면을 쓴 얼굴로 그들을 마구 짓밟지 않았던가. 아니, 그들이 우리의 발길질에 무참히 무너졌다는 표현이 오히려 옳겠다. 결국 선망의 대상이 거꾸로 저주의 대상으로 바뀌고 만 것이다.

북녘 동포들은 비록 사는 형편이야 초라하겠지만, 그래도 마음의 때는 우리에 비해 훨씬 덜 묻었을지도 모른다는 얼토당토않은 생각이 들기도 한다.. 자본주의적 삶에 익숙지 못한 그들이, 북녘 땅에서의 삶의 방식을 그대로 따르다가는 판판이 쓴잔을 마실 수밖에 없다. 이것은 어른 대 어린아이의 대결만큼이나 그 결과가 싱겁다. 어린아이의 순진함이 어른의 능청스러움을 당해 낼 재간이 있을까. 오랜 세월 사회주의 체제에 길들여져 지내 온 그들이, 적자생존을 최대의 미덕인 양 치부하는 자본주의식 무한경쟁의 메커니즘에 적응하기란 그리 녹록지 않았을 게 틀림없다.

남을 밟고 서지 않으면 살아남지 못하는 것이 자본주의의 속성이다. 남녘 땅 동포들이 얼마나 영악한 존재인가를 알아 버리는 데는 그리 긴 시간이 필요치 않았으리라. 그래서 탈북자들은 남한 사회에 환멸을 느끼고, 손사래 치며 떠나온 북녘 땅을 다시 그리워한다. 어쩌면 고향 언덕으로 돌아가고파 남쪽 가지에다 둥지를 트는 월조越鳥의 심정이라고나 할까. 결국 그들의 세상살이 방식은 너무 순진해서, 이 치열하고도 냉혹한 자본주의 제도에서는 애당초 맞지 않았는지도 모른다. 이런 생각에 젖어 있으려니 이청준 선생의 소설 한 토막이 뇌리를 스쳐간다.

한국동란이 한창 치열하던 무렵이 작품의 배경으로 등장한다. 칠흑 같은 한밤중, 어느 외진 산골마을에 느닷없이 한 무리의 무장군인이 들이닥친다. 그들은 곤히 잠에 취해 있는 마을사람에게 전짓불을 들이대며 민주주의와 공산주의 가운데 양자택일의 선택을 강요한다. 대답 여하에 따라 삶과 죽음이 왔다 갔다 하는 무시무시한 전짓불의 공포, 아군인지 적군인지 그 실체를 모르는 상황에서 당하는 쪽은 언제나 전짓불에 노출된 쪽일 수밖에 없다. 전짓불 저쪽과 이쪽은 처음부터 경쟁 상대가 되지 못한다. 전짓불은 이쪽의 정황을 훤히 들여다보고 있으니, 이쪽의 필패는 당연한 귀결 아닌가.

우리가 덮어쓰고 있는 마음의 가면은 바로 그 공포의 전짓불이다. 가면 속에 감추어진 얼굴의 선악을 판단할 수 없으니 대처 방안이 난감할 수밖에 없다. 양의 탈을 쓴 늑대들이 늘어갈수록 세상살이는 그만큼 각박해진다. 겉으로는 살살 눈웃음을 지으면서도 속으로는 음흉한 미소를 흘리고 있는 악어 같은 사람, 이런 위인이야말로 실상 가장 경계해야 할 유형일 터이다.

양심이 비 양심에 눌리어 기를 펴지 못하는 시대이다. 가면이 먹장구름처럼 세상을 뒤덮어 나갈수록 양심은 더욱 깊숙이 모습을 감추고 만다. 그래서 어느 시인은 양심을 매운 금속성에다 빗대 놓고서, "가장 동지적이고도 격렬한 싸움"이라고 노래했는지도 모르겠다. 불의에의 달콤한 유혹을 뿌리치고 결곡한 마음의 중심을 지켜내는 일이 그만큼 지난포難하다는 뜻일 게다.

훌훌 가면을 벗어던지고 맨얼굴로 살아갈 수는 없을까. 꾸미고 감추는 연출대신 진솔한 생활을 가질 수는 없을까. 이제부터라도 가면은 정체를 가리는 허위에서 뛰쳐나와, 세상을 희화하고 세태를 풍자하는 본래의 목적인 탈로 되돌아와야 할 것 같다. 그리하여 검은 장막이 걷히고 서로 간에 튼실한 믿음의 다리가 놓여졌으면 좋겠다.

마음의 가면이 사라지는 날, 우리의 삶도 비로소 잃어버린 그 맑은 본바탕을 되찾게 되리라. 그런 세상이 꼭 도래할 것이라는 희망을 나는 여전히 놓지 않고 있다.

가면놀이
———
175

짝

텔레비전을 두고서 세상을 병들게 하는 암이라고 단정 짓고 지내던 시절이 있었다. '바보상자'라는, 좀은 지나치다 싶은 표현이 그리 적절한 비유로 여겨질 수가 없었다. 그것은 너무도 단단해서 도저히 풀어지지 않을 하나의 응집과도 같은 것이었다.

그러한 내 곰팡내 나는 고정관념을 허물어뜨린 것이 'TV쇼 진품명품'이다. 이제 일요일 오전 시간대면 이따금 텔레비전 앞에 앉아 차 한 잔 벗하며 쏠쏠한 안복眼福을 누리곤 한다. 볼 때마다 오만 형상, 온갖 색깔의 진귀한 골동품들이 눈길을 붙잡고 놓아 주지를 않으니, 이 시간만큼은 기꺼이 그것들의 노예가 된다. 수백 년 전, 과학기술 수준이 지금과는 비교가 되지 않았을 그 시절에 어쩌면 저리도 참한 물건을 빚어낼 수 있었던 것일까. 우리 조상의 빼어난 솜씨와 지혜로움에 새삼 탄복을 금치 못한다.

오늘은 좀 특이한 형태의 도자기 한 점이 출품되어 감정을 기다리는 중이다. 운두가 높지막하고 사방으로 빙 돌아가면서 연꽃잎 모양을 한 상감청자다. 술잔으로 보기에는 너무 크고 대접이라고 하기에는 너무 세련되었다. 대체 무슨 쓰임새를 지녔던 물건인가. 자꾸만 궁금증을 더하면서 마음이 조급해 온다.

한참 후에야 감정위원의 설명을 듣고는 비로소 의문이 풀렸다. '승반承盤'이라고 불리는, 고려 시대에 주전자 받침으로 사용되던 접시라는 것이다. 승반, 생전 처음 들어보는 낯선 이름이다. 나이 이순에 가까워오도록 여태껏 그것도 몰랐다니, 우리 문화유산에 대한 내 무지가 잠깐 부끄럽다.

최종감정가를 알리는 전광판의 숫자가 숨 가쁘게 올라간다. 일 자리, 십 자리, 백 자리, 천 자리, 만 자리, 백만 자리……, 결국 천만 자리까지 넘어가고서야 비로소 딸깍 멈춰 선다. 일천이백 만 원, 마음속으로 짚어 보았던 것보다 엄청나게 높은 금액이다. 아무리 오래된 물건이라고는 해도 겨우 막걸릿잔만 한 도자기 하나에 천만 원 대라니 입이 딱 벌어진다. 게다가 감정위원은, 만일 주전자와 짝을 이루었더라면 그보다 몇 배나 높은 가격이 매겨졌을 것이라며 못내 아쉬워했다. 짝을 잃어버려 제 값어치를 제대로 인정받지 못하게 되었으니 애석한 일이다. 둘에서 하나를 뺐을 때 단순히 하나가 남는 것이 아니라는 이치를 새삼스럽게 깨닫는다.

무릇 짝이 있어야 온전해지는 물건은 짝을 잃으면 아무 짝에도 쓸모없는 신세로 바뀌고 만다. 구두가 그렇고 장갑이 그렇고 옷가락, 젓가락이며 단추 같은 것이 또한 그렇다. 전통 건물의 앞뜰을 지키고 있는 해태상이며 무덤 좌우에 놓이는 망주석인들 짝이 없다면 그것이 무슨 가치를 지닐 것인가. 짝을 잃은 모습은 끈 떨어진 망석중이처럼 처량해 보인다. 하찮은 물건들조차도 그러하거늘 하물며 사람에게 있어서랴.

사랑 가운데 짝사랑만큼 애처로운 것이 없지 싶다. 짝사랑은 사람의 가슴을 비수로 도려내듯 예리한 자상을 남긴다.

'하나는 외로워 둘이랍니다.
둘은 알뜰히 사랑했더랍니다.
슬픔도 기쁨도 서로 나누어주며
그림 같은 초원에서
행복하게 살았답니다.
하나는 외로워 둘이랍니다.'

작자 미상의 이 시구를 처음 만난 것은 열 두어 살 적이었다. 지난날 친구네 집 누나 방에 한 쌍의 청춘남녀가 풀밭을 거니는 뒷모습 배경 사진과 함께 걸려 있던 액자에서다. 친구의 누나는 왜 하필이면 이 연애시를 벽에다 붙여 놓았던 것일까. 혹여 사랑의 기쁨에 취해 있어서였을까, 아니면 짝사랑의 괴로움으로 가슴앓이를 하고 있어서였을까. 연부는 알 수 없으되, 어찌되었건 짝사랑이 아픔이라는 걸 나는 그 나이에 하마 알아버렸다.

화살표 같은 외방향의 사랑은 그 당자를 초라하게 만든다. '사랑을 하면은 예뻐져요'라는 노래에서와 같이, 짝사랑이 짝의 동의를 얻어 서로를 향한 사랑이 될 때 반들반들 윤이 난다. 원앙이나 잉꼬가 사랑스러워 보이는 까닭은 단지 새의 생김생김 자체가 아름다워서만은 아닐 것이다. 짝과 짝이 만나서 단짝을 이루면 시너지 효과를 낸다. 그것은 곧 블록완구처럼 부분과 부분이 결합을 함으로써 하나의 전체로 완성에 이르기 때문이다. 짝이 없으면 공연히 쓸쓸해 보이지만, 짝을 만나면 벌써 눈빛에 생기가 돈다. 짝은 서로에게 안정감을 주고 조화의 아름다움을 생각게 한다.

물론 짝이라고 해서 다 같은 것은 아니다. 어디까지나 짝도 짝 나름이다. 남자 아나운서와 역시 남자 해설자가 짝이 되어 진행하는 운동 경기의 중계방송 장면이야말로 참으로 어색하기 짝이 없다. 그것은 요철凹凸이 다정스럽게 붙어 있는 모습이 아니라, 철凸 자끼리만 서로 머리 치켜들고 으르렁거리며 경쟁을 벌이고 있는 형상처럼 불안스럽다. 그에 반해, 남녀 사회자가 단짝을 이루어 이끌어 가는 명랑가족 프로그램은 무척이나 아기자기한 재미가 느껴진다. 이로 미루어 살피면, 결국 짝은 둘이 나란히 보기가 아닌 서로 마주 보기를 할 때 더욱 더 값어치가 올라가는 것이리라.

사람 사이의 내왕이 수월치 않았던 지난시절엔 한 번 먼 곳으로 길을 떠나면 언제 돌아올지 기약이 없었다. 오랜 세월을 별리의 기다림으로 가슴을 태워야 하는 일이 다반사였다. 그래서 생겨난 것이 부절符節이라는 물건이다. 길 떠나는 사람과 보내는 사람은 둘로 쪼개진 부절을 각자 한 쪽씩 품속에 지닌다. 한 번 이별 뒤 먼 훗날 다시 만남이 이루어졌을 때, 몰라보게 변해 버린 모습을 확인할 수 있는 유일한 길이 서로의 부절을 갖다 맞춰 보는 것이다. 그렇게 맞추어진 짝으로 일구월심 간직해 온 기다림의 회포를 풀게 되니, 이 부절이야말로 얼마나 애틋한 사연 사연들이 담겨 있을 그리움의 징표인가.

일본인들은 퍽 세심한 구석을 지닌 민족인 것 같다. 속옷 간수하는 법 하나에서만 해도 그네들의 생활의 지혜를 읽어낼 수 있다. 우리나라 사람들은 남편과 아내의 속옷을 각각 따로 보관한다. 남녀의 유별을 중시하는 유교적 가치 관념이 은연중 여기서도 작용한 결과가 아닌지 모르겠다. 일본인들은 그렇지 않다. 그들은 남편과 아내의 속옷을 같은 서랍장에 넣어 사이좋게 보관한다. 그래야 특유의 숫내와 암내가 중화되어 잡냄새가 사라진다는 것이다. 우리가 무심코 흘려 넘기는 데서도 음양의 이치를 헤아릴 줄 아는 참 현명한 사람들이란 생각이 든다. 이런 이야기로 미루어 생각건대, 조화와 상생의 원리를 가르쳐주는 것이 짝인가 한다.

주전자를 잃은 승반을 보고 있자니 짝을 찾지 못해서 방황하고 있는 주위의 수다한 독신 남녀들이 눈앞에 어른거린다. 속담에 짚신도 짝이 있다고 하였거늘, 어찌해서 그들은 자신의 반쪽을 만나지 못한 채 외로운 해오라기로 살아가는 것일까. 세상은 음과 양이 어우러져야 생성되고 성숙하고 완전해진다는 것이 우주 만물의 영원불변한 진리일진대……

짝짓기는 세대에서 세대를 이어주는 다리 놓기다. 만일 짝짓기가 없었다면 모든 생명체들의 오늘은 필시 존재하지 못했을 터이다. 하기에 짝짓기야말로 가장 원초적이고도 절실한 과제이며, 세상 그 무엇보다도 성스러운 의식이 아닐까 싶다. 짝짓기로 빚어낸 사랑의 열매는, 그래서 우주의 무게에 견줄 만한 값어치가 있다 하겠다. 게다가 인간을 두고 만물의 영장이라고 하는 말이 있고 보면, 한 쌍의 청춘남녀의 어우러짐은 다른 동물들의 그것에 비길 바가 아니다.

짝이 있는 사람들이 독신으로 지내는 사람들보다 훨씬 더 오래 산다는 연구 보고도 있다. 짝을 이룬 모습은 형태적인 안정감뿐만 아니라 정신적인 안정감까지 아울러 가져다주기 때문일 것이다. 그러고 보면, 짝을 짓는 일은 상대방의 장수를 위해 서로가 서로에게 베푸는 하나의 보시요 공덕 쌓기인 셈이다.

승반이 제 짝인 주전자를 다시 만나게 되는 날, 비로소 그 조화의 멋이 완성을 이루리라. 언제라도 그런 날이 꼭 와 주었으면 하고 나는 마음속으로 빌고 있다.

이 음식이 어디서 왔는고

된장찌개에다 풋나물 두어 가지 그리고 김치 한 보시기와 간장 한 종지, 이것이 대개 우리 집 식탁의 풍경이다. 엊저녁에도 그랬고 오늘 아침도 별반 다르지 않다. 내일 역시 여기서 크게 벗어나지는 않을 성싶다.

예전 같았으면 찬이 어찌 이리 허술하냐며 볼멘소리를 하고도 남았다. 한 해 두 해 나이테가 감겨 가면서 요즘 들어서는 웬만해선 불평을 터뜨리지 않는다. 젊은 날의 콩 튀듯 팥 튀듯 했던 성정이 세월 따라 시나브로 무디어져 온 덕분이려나.

사실 여태껏 헤아릴 수 없이 많고 많은 날들을 고맙게 먹어 왔으면서도 그 먹은 것에 그다지 감사할 줄 모르고 지냈다. 한 술 밥이 입에 들어오기까지 겪었을 수많은 사람들의 노고를 조금치도 헤아리지 못했다. 나물 한 접시가 식탁 위에 올라오는 데 있어 내 육신을 위해 채소가 보여준 무저항의 헌신은 또 얼마나 결곡한 보시였는가. 너무나 쉬우면서도 참으로 난해한 밥, 이 무정물의 가르침 앞에서 나는 완전히 단세포동물이었다.

이제 밥상을 마주할 때마다 식탁이 차려지기까지 준비한 이들의 정성과 노고가 담긴 음식이 내 몸 안에 들어가게 될 인연을 생각한다. 그러면서 가만히 눈을 감고 오관게五觀偈를 마음속으로 되새김질해 보는 버릇이 생겼다.

'이 음식이 어디서 왔는고.
내 덕행으로는 받기가 부끄럽네.
마음의 온갖 욕심 버리고
육신을 지탱하는 약으로 알아
보리菩提를 이루고자 이 공양을 받습니다.'

절집의 식사 시간에 외는 게송이 오늘따라 나를 뭉클하게 만든다. 그건 어쩌면 육신의 배를 채우는 단순한 먹거리가 아니라 주어진 생을 더욱 진지하게 살아내어야 한다는 무언의 교시같이 느껴져서이다. 비록 보리까지야 언감생심이지만, 부정한 행을 저지르지 않고 사람다운 삶을 가꾸어 가겠다는 어설픈 각오만으로도 나름대로는 의미 있는 다짐이 아닐까.

'이 음식이 어디서 왔는고?'

비록 조금 허술하다 싶은 밥상일지라도 거기에 담긴 곡진한 뜻을 헤아리기에 감사히 여기며 받아들이는 것이 존재자로서의 도리라는 생각이 든다. 뒤룩뒤룩한 비곗덩어리 천 근이 있은들 어디 맑은 영혼 한 근에다 비기겠는가. 무문관無門關 수행에 든 선사들은 짧아도 삼 년, 길면 장장 육 년이라는 기나긴 시간을 일일일식一日一食으로 겨우 목숨만 부지해 나간다는데, 수십 년 세월 동안 하루 세 끼 꼬박꼬박 챙겨주는 음식 가만히 앉아서 받아먹어 왔으면서도 걸핏하면 밥 타령, 반찬 투정 한 행실이야말로 얼마나 분에 넘치는 사치였는지 모르겠다.

요즈음 들어 식탁을 마주할 때마다, 내 무슨 가치 있는 일을 했다고 이 밥상을 받을 자격이나 있는지 스스로에게 묻고 또 되묻곤 한다. 돌아오는 갑자를 코앞에 두고 보니, 그것도 연륜이라고 눈곱만큼씩이나마 사리분별이 생겨나는가 보다. 나이 들어서 참 다행이라고 여겨지는 것들 가운데 밥상머리 행실도 한몫을 차지하지 않을까 싶다.

어쭙잖게나마 세상살이의 이치 하나를 배울 수 있도록 먹어 준 지금의 나이가 고맙다.

호생오지 인생오세

매서운 칼바람이 사정없이 목덜미를 후려친다. 쏴쏴 하며 내지르는 소리가 진지를 향해 달려드는 적군들의 함성 같다. 귓불이 떨어져 나가는 듯 얼얼해 온다.

북경의 만리장성을 오르고 있다. 여태껏 말로만 들어왔던 이 인류의 위대한 문화유산을 직접 발로 밟아보니 엄청난 규모에 벌어진 입이 다물어지지 않는다. 만리장성은 인공위성에서 육안으로 관찰할 수 있는 지구상의 유일한 구조물이라고 하지 않는가. 동면에 든 주위의 나목들로 인하여 그 자태가 더욱더 웅장해 보인다. 과연 대국이라는 이름에 걸맞은 위풍이 느껴지는구나 싶다. '아!' 하는 탄성이 절로 솟구친다.

회흑색 전돌로 이루어진 수천 개의 계단이 산등성을 타고 꼭대기까지 질서정연하게 이어져 있다. 마치 거대한 흑룡이 꿈틀대면서 하늘로 오르는 형상을 닮았다. 머리에 난 뿔이며 몸통의 비늘이며 거기다 엉버틴 다리까지 영락없는 용 그대로다.

헉헉, 가쁜 숨을 연신 몰아쉬면서 한 단 한 단 디디고 올라간다. 그러고 있노라니, 맨몸으로도 힘에 부치는 이 하고많은 계단을 쌓느라 흘렸을 민초들의 피와 땀이 눈에 잡힌다. 한숨 소리, 신음 소리, 절규의 울부짖음도 들리는 것 같다. 한번 장성 쌓는 대역사에 징발이 되면 살아서 돌아오기 어려웠을 만큼 노동의 강도가 혹독하였다고 한다. 사람의 힘으로는 불가능해 보이는 어마어마한 규모에 그런 세간의 이야기가 결코 빈말이 아님을 충분히 미루어 짐작할 수 있을 성싶다.

불현듯 오래 전에 보았던 영화 '벤허'의 한 장면이 뇌리를 스쳐간다. 해적선과의 싸움에서 노예선으로 끌려와 노를 젓고 있는 죄수들의 영상이 눈앞에 어른거린다. 잠시라도 느슨해질세라, 노역櫓役을 독려하는 감시자들의 채찍이 쉴 새 없이 날아든다. 도망을 치지 못하도록 두 발목은 쇠사슬로 꽁꽁 묶여 있다. 등허리에 난, 구렁이가 감긴 듯 시뻘건 멍 자국이 지금 그들이 겪고 있는 비인간적인 상황을 고스란히 말해 준다. 인간으로서는 감내하기 힘든 처절한 노역勞役에 부르르 전율이 일었었다. 영화 속의 장면을 그리면서 만리장성 축조

상황을 상상하노라니 그 역사 앞에 숙연해 온다.

　잠시 울울하던 마음을 거두고 내부를 둘러싼 성벽의 돌들에 시선을 던진다. 순간, 뜻밖의 장면이 지금까지 가졌던 인상을 순식간에 일그러뜨리면서 눈살을 찌푸리게 만든다. 외벽을 쌓아올린 돌에는 말할 것도 없고, 심지어 바닥에 깔린 계단석에까지 수를 헤아리지 못할 만큼 오만 이름이 빼곡히 새겨져 있는 게 아닌가. 얼마나 많은 사람들이 거쳐 간 자취인지 어느 한 군데도 온전한 곳을 찾을 수 없을 지경이다. 흔히들 '글로벌 시대'라지만, 엉뚱하게도 그 말의 일그러진 단면을 보는 듯하다. 중국 자기 나라 언어는 말할 것도 없고 한글이며 영어며 불어, 일본어, 독일어, 거기다 아랍어까지……, 실로 세계 문자의 전시장 같다. 멀리서 바라다보았을 땐 거대한 규모에 압도당해 감탄사가 절로 터져 나왔었다. 하지만 가까이 다가간 순간 깊은 탄식이 뱉어지면서 혀가 끌끌 차인다. 선조들이 남겨놓은 위대한 문화유산에 이 무슨 양식 없는 행실인지 모르겠다.

　그들은 '이름 명名' 자의 의미를 '새길 명銘' 자로 곡해하고 있는가 보다. 무형의 향기로운 이름을 후세에 유전하여야 그것이 값진 것이거늘, 어째서 한사코 돌에다 그 냄새 풍기는 이름을 새기려 한 것일까.

　'호사유피虎死留皮 인사유명人死留名'이라고 했다. 호랑이는 죽어서 가죽을 남기지만 사람은 죽어서 이름을 남겨야 한다는 세상살이의 가르침 아닌가. 요즘 일부 몰지각한 사람들은 이 의미 깊은 교훈을 헌

신짝처럼 여기는 것 같다. 피나는 노력으로 역사 속에 영원히 빛날 꽃다운 이름을 남기려는 생각 대신, 어쨌든지 비바람에 씻기어 자취조차 없어지고 말 허망한 이름을 남기려고 안달한다. 그러다 보니 가는 곳마다 마구 갈겨놓은 이름으로 온통 도배질이 되어 있다.

'호생오지虎生汚地 인생오세人生汚世', 세상이 바뀌니 한자성어도 이렇게 바뀌어야 할까 보다. 호랑이는 살아서 산야에 싸지른 똥으로 땅을 더럽히지만 사람은 살아서 돌에 새긴 이름으로 세상을 더럽힌다. 그깟 이름 석 자가 뭐 그리 대수롭다고, 죽어서 이름을 남겨 세상을 아름답게 하려 하지 않고 살아서 기를 쓰며 이름을 새겨 이 지구별을 오염시키려 드는 것일까.

법정 스님이 이승을 떠나면서 시자들에게 당부한 유언이 떠오른다.

"일체의 장례의식을 치르지 말라. 내가 금생에 저지른 허물은 생사를 넘어서 참회할 것이다. 지금 내 것이라고 하는 것이 남아 있다면 모두 맑고 향기로운 사회를 구현하는 활동에 사용해 달라. 그동안 풀어놓은 말빚을 다음 생에 가져가지 않으려 하니 부디 내 이름으로 된 책은 죄다 거두어서 태워 없애라."

이승에서 길어 올린 것들은 이승을 하직하면서 티끌 하나 남기지 않고 거두어 가겠다는 오롯한 비움의 정신이 아닌가. 스님의 그 서릿발 같았던 삶의 자세가 오늘따라 더욱 의미 깊게 다가온다.

영사기의 필름을 되감기하듯 지나간 날들의 영상을 되돌려 본다.

살아오면서 퍼질러 놓은 내 숱한 행동이 사람들의 가슴에 욕된 이름으로 남겨졌을까, 아니면 아름다운 이름으로 새겨졌을까. 적이 스스러운 마음이 얼굴을 달아오르게 만든다.

유방백세流芳百世라고 했다. 향기로운 이름은 굳이 돌에다 새기지 않아도 천년만년을 길이길이 전해지게 되는 법이다. 이 영원불변할 세상살이의 이치를 마음속 깊이 음미해 본다.

만리장성의 전돌을 도배해 놓은 수많은 이름 없는 이름들, 어떻게든지 자신의 이름을 남겨 보려는 그들의 헛된 욕망의 자취가 적이 볼썽사납다. 아니, 얼마나 이름이 남기고 싶어 안달이 나서 그랬을까 싶은 마음에 한편으론 연민이 인다. 정작 중요한 것은 살아서 땅 위의 돌에 새기는 이름이 아니라 죽어서 후세 사람들의 가슴에 새기는 이름인 것을…….

문명의 이기, 이기를 가르치다

　무릇 세상 모든 것에는 동전의 양면처럼 항시 빛과 그림자가 존재하기 마련인가 보다. 성서 창세기에도 선악과善惡果 이야기가 나오듯, 조화주가 세상을 만들 때 미리 그렇게 점지해 둔 것은 아닌지 모르겠다. 아니, 비단 조화주의 숨은 뜻에만 한하겠는가. 인간이 만들어 낸 문명의 이기利器들도 마찬가지가 아닌가 한다.

　문명은 그 속성상 이기와 흉기의 기능을 동시에 지니고 있는 것 같다. 문명의 이기 덕분에 사람들은 동물적 속성으로부터 인간다운 삶을 영위할 수 있게 되었다. 하지만 그 반대급부로 일상생활 과정에서 이런저런 위험성이 높아지고 인간성이 메말라져 버린 부작용을 낳았다.

이처럼 문명은 올바르게 사용하면 생활에 편리를 주는 이기가 되지만 잘못 사용하면 삶을 망가뜨리는 흉기로 돌변하고 만다. 사람을 위해 유용하게 쓰일 수 있도록 만들어진 물건이 오히려 우리의 소중한 생명과 재산을 앗아가기도 하고, 급기야는 인간성 상실이라는 바람직하지 못한 결과를 초래할 수 있다는 이야기다.

냉장고가 나오기 전에는 절임 문화로 위암 발병률이 높았었다. 그러던 것이, 냉장고의 발명으로 간을 심심하게 하더라도 음식물이 쉬 상하지 않고 오래 신선도가 유지되다 보니 위암으로부터 훨씬 자유로워질 수 있었다. 그러나 그 반면에 '더불어 삶'의 미덕을 잃고 말았다.

자동차는, 말할 것도 없이 평소 신통하기가 이를 데 없는 물건이다. 하지만 까딱 잘못해서 사고라도 나는 날에는 평생 불구의 몸이 될 수 있는가 하면, 심지어는 목숨마저 담보해야 한다. 텔레비전은 또 어떤가. 적당히 이용만 하면 그지없이 종요로운 도구이지만, 정도가 지나치면 자폐를 낳고 치매를 부른다는 연구 보고가 있다. 수많은 전열기구인들 여기서 예외일 수가 없을 것이다. 잘만 쓰면 더없이 편리한 물건이지만, 자칫 부주의하면 평생 모은 재산이 한순간에 잿더미로 변하고 하나밖에 없는 생명마저 위태로워진다.

여기서 이러한 문명의 이기들 가운데서도 가장 심각한 부정적 결과를 가져온 것 딱 한 가지만 들라면 과연 무엇을 지목할 수 있을까. 짧은 소견인 줄은 모르겠으되, 나는 단연코 냉장고를 꼽고 싶다. 왜

냐하면 냉장고야말로 사람들에게 공동체의 아름다운 질서를 망가뜨리는 속성을 지닌 이기심을 조장하는 데 일등공신이기 때문이다.

냉장고가 없던 지난시절엔 음식물을 오래 보관할 수가 없었다. 조리를 하고 나서 하루 이틀만 지나도 변질되어 버리기 일쑤였다. 아까운 음식을 버릴 바에야 차라리 이웃사촌끼리 나누면 좋았다. 그러다 보니 새로 만든 음식은 자연스럽게 옆집 담장을 넘었다. 저절로 나눔의 문화가 이루어질 수 있는 조건이 갖추어졌었다.

냉장고라는 신통방통하기 그지없는 음식물 저장기기가 발명됨으로써 이 아름다운 나눔의 미덕이 사라져 버렸다. 무엇이든 그 안에 쑤셔 넣다 보니 냉장고는 게걸들린 귀신처럼 이것저것 가리지 않고 마구 먹어치운다. 일단 들어갔다 하면 나올 줄을 모르는 것이 냉장고의 속성인가 보다. 얼마든지 오래 보관할 수가 있으니 굳이 나올 필요도 없다. 하지만 냉장고라고 해서 음식물이 무한정 안 상하는 것은 아니지 않는가. 냉장고 안에서는 음식물이 썩어 나가는데도 냉장고 밖에서는 한 끼 먹을거리에 목을 매는 사람들이 날이 갈수록 늘어나는 아이러니한 세상이 되었다. 게다가 그 용량마저 갈수록 더욱더 커지는 추세에 있다. 자연 보관할 수 있는 음식 양도 비례해서 늘어난다. 그에 따라 조금씩 나아지기는커녕 세월이 흐를수록 나눔의 정신과는 점점 거꾸로 가고 있다.

문명의 이기가 이기利근를 가르친다. 역설적이게도, 냉장고라는 현대문명의 이기로 인해 사람들은 시나브로 베푸는 마음을 잃어버리고 이기심에 매몰되어 가고 있는 것이다. 냉장고를 바라다보고 있으면, 잔칫날 손님들에게 대접하려고 젖소의 우유를 한 달 동안이나 짜지 않았다가 정작 그날이 되었을 때는 젖이 말라버려 한 방울도 베풀지 못하고 말았다는 어느 어리석은 농부의 이야기가 생각난다.

그렇다고 달콤한 문명의 이기를 맛본 요즘사람들에게 이제 와서 이런 것들 없이 살아가라고 한다면 과연 어떤 반응을 보일까. 단 하루도 견디기 힘들다며 아우성을 칠 것이 뻔하다. 문명의 이기에 길들여지다 보니, 우리들 자신도 모르게 '생활의 편리'라는 달콤한 꿀단지에 빠져버린 것은 아닐까.

불편함이 문제 해결의 답이다. '자연으로 돌아가라', 이렇게 외친 장자크 루소의 말처럼 조금 불편을 감수하고서라도 가능한 한 문명의 힘에 덜 의지하고 세상을 살아가는 것이 인간존재의 타고난 본성을 되찾는 길이 될지도 모르겠다.

한참 동안 원고를 붙들고 씨름을 하였더니 배가 출출해 온다. 뭐 입맛 다실 거리라도 없나 싶어 어느새 냉장고 문에 손이 가 있다.

충신과 역적 사이

입구에 당도하자 가장 먼저 향양문向陽門이 나그네를 맞는다. 향양문, 필시 '태양을 바라보는 문'이라는 의미일 게다. '양'은 해이니, 일본 국기인 일장기의 한가운데 그려져 있는 진홍색 동그라미만 떠올려 보아도 의당히 일본의 상징인 것은 두말할 필요가 없으리라. 비록 귀화한 몸이었지만 마음마저 완전히 귀화가 되지는 못하였던가 보다. 떠나온 고향 산천, 두고 온 부모형제, 밤이면 밤마다 눈에 밟히는 고향 땅과 가족이 그리워 전전반측하며 지새운 날들이 그 얼마였을까. 인간적인 동정심에 연민의 마음이 인다.

가창 우미산 드날머리에 자리한 녹동서원鹿洞書院을 찾았다. 원래 일본의 장수로서 임진왜란 때 참전하였다가 조선으로 귀화한 김충선 장군을 배향하고 있는 서원이다. 김충선, 그는 충신인가 역적인가. 우리의 입장에서 보면 당연히 다시없을 충신이지만, 일본의 입장에서 보면 말할 것도 없이 대역적이 아닌가.

장군의 본래 이름은 사야가沙也可였다. 임란이 발발하자 그는 가토 기요마사 부대의 우선봉장으로 출정을 한다. 하지만 임란에 대해 의롭지 못한 전쟁이라는 신념을 갖고 있었기에, 그 믿음을 지키기 위해 가족을 버리고 동료를 버리고 국가를 버리고 그리고 명예까지 포기하면서 마침내 조선 사람이 된다. 그 갸륵한 뜻을 기려 선조가 모하당慕夏堂이라는 호와 함께 내려준 이름이 사성 김해 김씨의 시조인 김충선金忠善이다.

그는 조선에 조총 제작방법과 화약 제조기술을 전수하는가 하면 직접 조총 부대를 조직하는 등 맹활약을 펼친다. 게다가 일본의 우두머리 장수였으니 왜군의 전술전법이며 병참 같은 중요한 정보까지 익히 알고 있었을 것이 아닌가. 장군의 귀화가 조선 군영으로서는 천군만마를 얻은 듯 큰 힘을 실어 주었을 것임에 틀림없다. 그때까지 절대적으로 불리했던 전세는 그의 귀화를 계기로 완전히 뒤집어진다. 그리하여 그는 임란을 조선의 승리로 이끄는 데 일등공신이 된다. 조선으로 보면 만고의 충신인 셈이다.

하지만 입장을 바꿔 놓고 따지면 이야기는 백팔십도로 달라질 수밖에 없다. 일본으로서는 임란을 패망에 이르게 한 결정적인 반역자였던 까닭이다. 왜군들은 전투에서 쓰러져 가는 동료의 죽음을 지켜보면서 그의 배신이 더욱 증오스러웠으리라. 그 역시 몰려오는 침략군에 맞서 동족인 일본 무사들의 목을 쳐야 했으니 참담하였을 심경이야 말해 무엇 할 것인가. 그가 남긴 시를 통해서 자신의 선택에 대해 얼마나 고뇌가 깊었는지 그 마음을 미루어 짐작하고도 남음이 있다.

> 나라에 불충하고 가문에 불행을 끼쳤으니
> 이 세상에 가장 못난 죄인은 다름 아닌 나
> 필시 최악의 보기 드문 운명은
> 나뿐인가 하노라

그가 이처럼 심히 가슴앓이를 한 것은 배신자라는 세상 사람들의 손가락질이 두려웠기 때문이었을 것이다. 아니, 그보다는 스스로에 대한 자책감이 그의 가슴을 더욱 괴롭혔는지도 모른다.

지난 백 년 동안 한국 천주교에서는 안중근 의사를 두고 '살인자'라고 불렀다, 그것도 어릴 때부터 가톨릭에 입교하여 독실한 신앙생활을 해 온 신자를. 그러다가 세간의 비판이 심해지자 최근에 와서야 명동대성당에서 교구 차원의 공식적인 안중근 의사 추모미사를 봉헌하고 지난날의 과오를 뉘우친다.

객관적인 시각으로 보면 안 의사는 분명히 살인자임에 틀림없다.

사람을 죽이는 것이 살인이고, 안 의사가 이토 히로부미를 사살하였으니 사람을 죽인 것 자체는 그 누구도 아니라고 부정하지 못할 명명백백한 사실이기 때문이다.

하지만 세상사에는 정서라는 것이 있지 않은가. 사람을 죽였으면 덮어놓고 다 똑같은 살인이란 말인가. 법 조목에서조차 정당방위 규정이 존재하거늘, 그들은 그동안 어찌 그리도 융통성이 없었는지 도무지 이해가 가지 않는다. 평화를 짓밟은 일제에 맞서 나라를 위해 목숨을 바친 살신성인의 행위를 두고 살인이라고 비난하는 것은 그 어떠한 이유로도 용납되지 못할 처사가 아닐 수 없다. 훗날 김수환 추기경이 안중근 의사가 이토 히로부미를 처단한 일은 사람을 죽인 것이 아니라 만민을 구제하기 위한 자기희생의 거룩한 투쟁이었다고 고쳐 의미를 부여했다. 비로소 오래도록 지속되어 온 뒤틀린 시각에 종지부를 찍은 것이다.

이것이 비단 천주교 하나에 국한된 문제일까. 어느 특정 종교만의 현안이 아니라 종교라는 것 자체가 지닌 자기모순에서 연유된 결과가 아닐까. 모르긴 해도, 우리의 전통종교인 불교 역시 교리와 실천 사이의 충돌 문제에 대해 고심이 적지 않았던 모양이다. 그래서 이 같은 종교적 자기모순에서 빠져나올 구멍이 필요했고, 그러한 고심 끝에 마련된 장치가 원광법사의 세속오계 가운데 하나인 살생유택殺生有擇일 터이다. 살생유택, 곧 함부로 살생을 해서는 아니 되지만 피치 못할 상황에서라면 살생은 하되 가려서 행하라는 가르침 아닌가. 이 조목을 계율로 적시해 둠으로써 의로운 살생에 대해 정당성을 부여한 것이다. 나라가 풍전등화의 위기에 처해 있는데 수행자이기에 번히 보고도 그냥 팔짱만 끼고 있어야 하는 것인가. 그것은 어쩌면 자기 목숨을 보전하려는 비겁한 짓이 아닐 수 없다.

김충선 장군에 대한 평가 역시 이러한 일련의 논리 위에서 답을 찾아야 하지 않을까. 객관적인 시각으로 살피면 그는 대반역자임이 분명하다. 자기 나라를 배반하고 남의 나라에, 그것도 적국에 귀중한 정보를 팔아넘긴 중죄인이기 때문이다. 하지만 장군은 명분 없는 전쟁의 부당성을 혐오하고 평화를 지향한 박애주의자였다. 장군의 이러한 사상이 뒤늦게야 제대로 평가를 받게 됨으로써, 처음엔 장군을 배신자로 매도하던 일본인들마저 사백 년 세월이 흐른 지금은 장군의 발자취를 찾아 숭모의 예를 표하고 있다.

역사는 해석이라고 했다. 어느 쪽으로 해석하느냐에 따라서 평가는 극과 극으로 갈릴 수 있다. 충신과 역적은 손바닥의 앞뒷면 사이에 지나지 않는다. 역사는 항시 승자의 편에 선다고 하지만, 그와 동시에 그것은 언제나 자기 입장에서 기술되게 마련이다. 우리 편에 붙으면 충신이 되지만 반대편에 붙으면 역적으로 바뀐다. 한 집안의 형제자매 가운데도 부모에게 잘하는 자식이 있고 못하는 자식이 있듯이 한 나라, 한 민족에서도 좋은 사람도 있고 나쁜 사람도 있을 수 있는 것 아닌가. 그러기에 어느 가족 혹은 어느 나라, 어느 민족이라 며 싸잡아 욕을 해서는 아니 될 일이다.

지금 우록友鹿에는 김충선 장군의 후손들이 집성촌을 이루어 살고 있다. 그들은 아마도 장군을, 절체절명의 위기에서 나라를 구한 자랑 스러운 조상으로 우러러 받들 것임이 틀림없다. 아니, 장군의 후손들 뿐만 아니라 이 자유의 나라, 이 아름다운 강토에서 평화와 행복을 누리며 사는 우리들 모두의 마음이 아닐까 싶기도 하다.

사람살이의 의미를 여기 녹동서원에 와서 다시금 되뇌어 본다. 옳 다는 믿음을 지키기 위해 조국마저 버린 장군의 삶의 자세를 헤아리 며 영정 앞에 옷깃 여민다.

울릉도의 낙락장항

배가 서서히 항구에 가까워지자 병풍처럼 섬을 둘러싸고 있는 산들이 와락 눈길을 사로잡는다. 하늘빛 바닷물에 음영을 드리운 주변 경치가 그야말로 한 폭의 그림이다. 삐죽삐죽 치솟고 울퉁불퉁 튀어나온 바위들은 천하의 절경이라 일컬어지는 중국의 장가계를 옮겨다 놓은 것 같은 이국적인 정취를 물씬 풍긴다.

학부 시절 절친했던 동기 셋이서 부부동반으로 나선 울릉도 나들이 길이다. 자질구레한 일상을 제쳐두고 훌쩍 떠나면 언제든지 갈 수 있는 지척의 곳을, 이런저런 잡사로 선뜻 나서지 못하고 수십 년을 내내 벼르고 별러 온 세월이었다. 사실 따지고 보면 그저 하나같이 핑곗거리일 뿐, 오로지 용기 부족 때문이었다는 표현이 옳을 것 같다. 이 좋은 데를 여태껏 가슴속에다 담아 두고 그리워만 했었다니 때늦은 후회감이 밀려든다.

고개를 젖혀 눈조리개를 좁히고서 산꼭대기를 치어다본다. 순간, 절벽에 간신히 몸을 버티고 선 아름드리나무 한 그루가 시선을 압도한다. 처음엔 소나무인가 싶었다. 그러다 다시 찬찬히 살피니 소나무가 아니라 향나무 아닌가. 마치 용이 다리를 엉버티고 몸을 뒤틀면서 하늘로 오르는 듯한 상서로운 형상이다. 그 장관에 감탄사가 절로 터져 나온다. 사람들은 흔히들 가지가 축축 드리워진 기품 있는 소나무를 '낙락장송'이라고 일컫지만, 나는 이 휘늘어진 향나무를 '낙락장향落落長香'으로 부르고 싶다.

매운 바닷바람을 온몸으로 받아내며 수천 년 세월 동안 질기디질긴 생명력을 잃지 않은 도동항의 향나무야말로 '울릉도의 지킴이'라고 말해도 좋으리라. 줄잡아 자그마치 이천 오백 살, 고작 백 년을 살아내기도 버거운 것이 우리 사람의 수명임을 생각하면 실로 얼마나 놀라운 생존 기간인가. 그 가마아득한 나이가 도무지 믿기지 않는다. 우리 땅에서 가장 오래된 나무라는 칭송을 받고 있는 이 노거수를 바라보고 있으려니 느닷없이 평소 애송해 오던 시 한 수가 읊조려진다.

桐千年老恒藏曲
(오동은 천년을 늙어도 항시 가락을 지니고)
梅一生寒不賣香
(매화는 일생을 힘겹게 살아도 향기를 팔지 않는다.)

불현듯 이 인구에 회자되는 두 시구에다 나머지 두 구를 보태어 절구로 만들어 보고 싶은 충동이 인다.

鷗日日孤樂其生
(갈매기는 매일같이 제 삶이 외로워도 그 생을 즐기며)
香萬歲快守自分
(향나무는 만년이 흘러도 기꺼이 본래 자리를 지킨다.)

비록 어쭙잖은 글재주이지만 이렇게 읊어 놓고 보니, 어쩌면 얼토당토않은 것 같으면서도 비로소 기승전결이 완전히 갖추어진 시가 된 성싶기도 해서 늘 찜찜했던 마음이 흔흔한 기분으로 바뀐다.

울릉도에 와서 가장 깊은 인상으로 남은 것은 도동항의 향나무를 닮은 울릉도 사람들의 강인한 생명력이다. 천 길 낭떠러지 바위틈에 몸을 기댄 채 오로지 하늘에서 내리는 몇 방울의 이슬로 목숨을 이어가는 향나무를 보며 열악하기 그지없는 생존 환경에서 살아남기 위하여 몸부림쳐 온 울릉도 사람들의 삶의 자세를 읽어낸다.

작게는 나무젓가락 하나에서부터 크게는 굴삭기에 이르기까지 모든 물자를 뭍에서 들여와야 해서 일까. 이곳 거주민들은 검소함과 절약 정신이 몸에 배여 있는 것 같다. 육지 사람들이라면 벌써 필요 없다며 갖다 버렸을 쓰레기조차 결코 허투루 생각하지 않고 생명을 불어넣어 생활용품으로 재탄생시킨다. 다 떨어져 해어진 신발에다 흙을 채워 꽃나무를 기르는가 하면, 빈 페인트 통으로 물바가지를 만들어 요긴하게 활용하기도 하는 지혜를 지녔다. 하나의 삶의 철학으로 굳어진 특유의 근검절약 정신을 나는 이곳 울릉도에 와서 두 눈으로 똑똑히 보았다. 이는 어쩌면 화산섬이라는 특수한 지리적 여건에서 오로지 살아남기 위하여 터득해 낸 그들만의 생존 본능인지도 모르겠다.

울릉도 터줏대감인 도동항의 향나무는 수천 년 세월 동안 한 자리에 붙박여 이곳 토착민들의 삶의 애환을 말없이 지켜보아 왔으리라. 그 사이에 얼마나 많은 인생이 나고 꺼지고 나고 꺼짐을 되풀이하며 갈마들었을까. 그러면서도 울릉도 사람들은 오늘도 내일도 여전히 명이처럼 질긴 생을 이어오고, 향나무는 언제까지나 변함없이 그 자리에 서서 그들의 억척같은 삶에 힘찬 응원의 박수를 보내주고 있을 것이다.

평생에 가장 부끄러운 말

느지막이 수업을 끝내고 서둘러 귀갓길에 올랐다. 강의실에서 거처까지 장장 삼백오십 여 리, 고속도로를 세 번이나 갈아타면서 두 시간 넘게 달려야 하는 만만치 않은 거리다. 말상대해 줄 옆 사람도 없이 갑갑한 차 안에 오래 갇혀 있다 보니 급작스럽게 오후의 피로가 몰려온다.

나른함을 쫓기 위해 라디오를 틀었다. 평소 즐겨 듣는 불교 방송 〈무명을 밝히고〉 프로에 주파수를 맞춘다. 한국불교대학 회주이신 우학又學 스님의 금강경 강의가 흘러나온다. 큰스님의 강의는 특유의 입담과 재치 있는 화법으로, 들으면 들을수록 깊이 빠져들게 하는 묘한 마력을 지녔다. 오늘은 금강경의 핵심 사상인 사상四相에 대하여 설법이 펼쳐지고 있다.

"스님, 지금 꺼내신 이야기는 예전에 벌써 몇 번이나 들은 내용이 잖아요."

스님은 한창 말씀을 이어가다 말고는, 신도 가운데 강의 중간에 이따금 그런 소리를 하는 사람이 있다며 혀를 차신다.

법문이 설해지는 순간, 큰스님의 사자후가 예리한 화살이 되어 나에게로 와 꽂혔다. 당신께서 지적하신 그 신도의 말은 영락없이 내 입에서 튀어나온 불평이었다.

학부 시절, 나 역시도 은사님들의 강의 도중에 그런 볼멘소리를 심심찮게 중얼거렸다. 왜 같은 이야기를 두 번 세 번 되풀이해서 말씀하실까에 대해서는 조금치도 헤아려 볼 생각을 하지 않았다.

그것이 얼마나 어리석고 지각없는 마음가짐이었는지 스님의 법문은 내게 죽비소리로 후려치고 있었다. 그 매는 이날 이때까지 살아오면서 받은 그 어떤 벌보다 나를 아프게 하는 채찍이었고, 평생에 스스로를 가장 부끄럽게 하는 질책이었다.

그동안 내 안에 얼마나 단단한 거드름 덩어리가 똘똘 똬리를 틀고 있었던가를 절절히 뉘우치게 만들었다. 어쩌면 지금보다는 훨씬 많이 생겨났을 수 있었을 법한 알량한 식견마저 제대로 지니지 못하고 요 모양 요 꼴이 되고 만 것도 마음 한구석에 항시 '예전에 이미 들었던 이야기인데'를 앞세우고 지내 온 자아류의 독선 때문일 터이다.

금강경 오천 삼백여 자 가운데 가장 중심 되는 사상이 아상我相을 없애라는 가르침이라고 하지 않는가. 그렇게나 버리라며 거듭거듭 강조를 하는데도 그것이 뭐기에 죽으라고 움켜잡고만 있었으니, 덜 떨어져도 한참 덜 떨어진 위인이라는 소리를 듣는대도 아예 변명의 여지가 없다. 큰스님의 귀하디귀한 한 소식을 진즉에 만날 수 있었더라면 이렇게 가슴이 아리도록 후회스러운 마음은 갖지 않아도 되었을 것을…….

아! 이제 가로 늦게서야 깨치게 되었다, 우리 삶에서 가장 가치 있는 말은 천 번 만 번 거듭 하여도 지나침이 없다는 사실을. 절집에서 아침저녁으로 독송하는 반야심경이나 예배당에서 날이 날마다 외우는 주기도문을 지난날 수도 없이 들었던 소리라고 이야기하는 사람이 이 세상에 어느 누가 있을 것인가. 천만 번을 듣고 또 들어도 기분 좋은 말이 사랑이라는 유행가 가사처럼, 천 번 만 번 되풀이하여 듣고 들어도 늘 모자라는 것이 인생살이에 살이 되고 피가 되는 진리의 말씀 아니던가.

오늘 우연찮게 들은 우학 스님의 법문은 내가 이제껏 기회 있을 때마다 만났던 그 어떤 선지식의 법문보다 간명하면서도 진정 내 안의 무명無明을 밝혀 주는 지혜의 등불이었다.

큰스님의 위없는 가르침에 합장예배 올리며 마음속으로 굳게굳게 다짐을 놓는다. '이제 앞으로 어느 누구로부터 무슨 이야기를 듣든

두 번 다신 예전에 이미 들은 말이라는 소리는 결코 하지 않아야지'
하고.

아가씨가 이모로 바뀌기까지

    뜨겁게 달구어진 불판에서 고기 굽히는 냄새가 진동한다. 실내는 안개가 드리운 것처럼 연기로 자욱하다. 여기저기 삼삼오오 모여 앉은 사람들 사이에서 왁자하니 이야기꽃이 피어난다.

    우리 자리에 함께하고 있는 벗 하나가 주방 쪽을 돌아보며 큰소리로 종업원을 부른다.

    "이모, 여기 불판 좀 갈아 주고 고기 한 접시 추가요!"

    실제 그의 이모일 가능성이 전혀 없을 법함에도 여자 종업원은 응당 자기를 두고 하는 소리인 줄을 알아듣고서 쪼르르 달려온다. 너무나 익숙한 풍경이다. '어, 이모가 아니라 언니여야 하는데……' 나는 호칭이 언제 이렇게 바뀌었는지 머릿속으로 그 시점을 가량해 본다. 그러면서 왜 '고모'가 아니고 하필이면 '이모'일까, 불현듯이 평소의 그 유별난 탐구중독증이 또다시 고개를 든다.

예전엔 남자 손님들이 음식점의 여자 종업원을 부를 때면 으레껏 "아가씨"였다. 그때만 해도 남자의 위세가 당당했던 시절이어서 인 듯싶다. 그랬던 것이, 언제인가부터 '언니'로 불리어지기 시작했다. 너도나도 "언니" "언니" 하다 보니 자연스레 '언니'로 굳어졌다. 그렇게 한동안 언니로 두루 쓰이어 오다 몇 해 전 쯤부터는 그 호칭이 다시 '이모'로 대체되었다. 언니로 바뀔 때는 왜 '누나'가 되지 않았고, 이모로 바뀌면서는 어째서 '고모'가 되지 않았는지 내게는 하나의 숙제로 다가왔다. 남들은 참 좀스럽게 별걸 다 숙제로 삼는다고 나무랄지 모르지만, 나로서는 퍽 흥미로운 하나의 수수께끼가 아닐 수 없다.

곰곰이 헤아려본 끝에 마침내 나름의 답이 찾아졌다. 그 답은 바로 세상사의 흐름에 있었다. 지금은 바야흐로 여자 세상이 아닌가. 어디를 가든 여자로 넘쳐난다. 다소곳한 것을 미덕으로 알았던 여자들의 태도가 적극적으로 바뀌면서 그들의 위세가 시간이 흐를수록 등등해지고 있다. 그에 따라 사내들은 자꾸만 '고개 숙인 남자'가 되어간다.

예부터 낱말을 만들 때 높고 귀한 것은 앞쪽에, 낮고 천한 것은 뒤쪽에 두는 것이 우리의 관습이었다. '사농공상士農工商'의 경우에서처럼 가장 대접 받던 선비는 맨 앞에다 놓았고 가장 천시 당하던 상인은 제일 뒤로 돌렸다. 거꾸로 나쁜 의미를 지닌 말은 그 반대였다. '비복婢僕'이라는 낱말을 보면 계집종은 앞에다, 사내종은 뒤에다 두고 있다. 마찬가지 이유로 남녀를 싸잡아서 욕할 경우 '연놈'이라고 하지 '놈년'이라고는 하지 않는다. 그런가 하면, 중심적인 것은 앞에 두고 부수적인 것은 뒤로 보냈다. 우리는 남한과 북한 사이를 일컬을 때 우리 중심으로 항상 '남북 간'이라고 말하지만, 북한은 자기들 중심으로 반드시 '북남 간'이라고 말한다.

남자와 여자를 함께 가리키는 용어도 마찬가지다. 남존여비 사상의 반영이라고 할까, '남녀' 이렇게 표현한다. 또한 동기간의 경우 역시 '형제자매'라고 하지 '자매형제'라고 하지는 않는다. 아가씨가 언니를 거쳐서 이모로 호칭이 바뀌기까지 위상의 무게 중심이 남자에게서 여자에게로 간단없이 이행해 온 흐름을 감안해 볼 때, 이 '남녀'와 '형제자매' 또한 언젠가는 '여남'과 '자매형제'로 고쳐 불리게 될 날이 오지 않을까 하는 예감이 들기도 한다.

그런가 하면 정서적인 거리에서도 남녀 간의 위상 변화가 뚜렷이 감지된다. 요새 아이들은 자기 할아버지를 호칭할 때 외할아버지는 그냥 "할아버지"라고 부르면서 친할아버지는 꼭 앞에다 '친' 자를 붙여서 "친할아버지"라고 부른다. 이는 그만큼 외할아버지 쪽이 친할아버지 쪽보다 심리적으로 더 가까워지고 있다는 반증이 아닌가.

'5번아 잘 있거라 6번은 간다'라는 우스갯소리가 한때 인구에 회자

되었던 적이 있다. 며느리한테 매겨진 집안에서의 서열이 3번인 강아지보다, 4번인 가사도우미보다 못한 5번인 아들에게 꼴찌인 6번의 시아버지가 집을 나가면서 남겨 놓았다는 쪽지 편지의 제목이다. 오늘날 며느리의 위세가 어떠한가를 바늘로 찌르듯이 꼬집어 놓은 그 기발한 풍자에 무릎이 쳐진다. 그러면서 한편으로는 웃픈 현실이 마음을 쓸쓸하게 만든다.

지난날 며느리의 호된 시집살이의 대명사처럼 여겨졌던 '귀머거리 삼 년, 장님 삼 년, 벙어리 삼 년'은 이제 구시대의 유물이 된 지 오래다. 잠시라도 대열을 놓치면 따라잡기가 버거울 만큼, 지금 세상은 급속도로 바뀌는 중이다. 이러한 일련의 변화가 장차 어디까지 미칠지 앞날의 흐름이 무척 궁금해진다.

그나저나, 어찌하여 오늘날과 같은 현상이 나타나고 있는 것일까. 무딘 머리 굴려가며 나름대로의 답을 찾아보는 일로 요즘 나는 아까운 시간을 빼앗기고 있다.

5

'너무'가 너무 많은 세상

인사법은 진해지는데

    화창한 봄날, 동성로의 오후는 오가는 사람들로 북적인다. 거리의 상점들에서 흘러나오는 요란한 음악 소리가 귀청을 난타한다. 궁벽한 산골에서 고인 물처럼 지내다 이따금 시내 나들이를 나오면, 회전목마에 올라탄 것처럼 정신이 어찔어찔해진다.

    공원 벤치에 앉아 잠시 휴식을 취하고 있었다. 순간, 낯선 풍경 하나가 눈에 잡혔다. 여기저기서 한 무리의 청소년이 모여드는가 싶더니 누가 먼저랄 사이도 없이 서로 와락 얼싸안는다. 그 광경이 흡사 개구리 떼가 먹이를 두고서 한데 엉겨 붙는 모양 같다. 요즘 아이들은 다들 친밀감을 저렇게 표현하는가 보다. 얼마나 반가운지는 모르겠지만, 너무 넘쳐 보이는 행동이라는 느낌이 드는 것은 나만의 마음일까. 그 모습을 유심히 지켜보고 있노라니 조상들의 인사 예절에 생각이 미친다.

지난날 우리나라 사람들은 나이며 신분이 비슷한 이들끼리 바깥에서 서로 만나면 공수拱手로 인사를 주고받았다. 두 팔을 가슴께까지 들어 한손을 다른 손에다 포개고서 허리를 굽혀 다소곳이 머리를 숙이는 자세를 취했다. 그런가 하면, 실내에서는 큰절이었다. 무릎을 꿇은 상태로 납작 엎드려 양손을 가지런히 모아 방바닥을 짚고 이마를 닿을 듯이 하는 자세였다. 어느 쪽이든 상대방을 향해 최대한의 공경을 표하는 인사법이었다.

개화사상과 더불어 서양 풍속이 밀려들어 오면서 예의범절이 엄청나게 변했다. 인사법도 그 가운데 하나다. 요즈음은 남녀 사이이든 노소간이든 악수가 대세로 굳어졌다. 위아래도 아랑곳없고 성구분도 하지 않는다. 서로 만나는 순간 동시에 손을 내밀어 마주잡고 흔든다. 어찌 보면 참 간편해서 그만인 성싶기도 하다. 하지만 어떨 땐 퍽 어색하고 민망하여 얼른 손을 거두게 되는 경우가 없잖아 있는 것도 사실이다.

악수 정도로는 끈끈한 친밀감을 표현하기에 만족스럽지 못해서였을까. 언제인가부터 주로 젊은 층을 중심으로 더욱 진한 인사가 유행병처럼 번지고 있다. 서로 팔을 벌려 와락 껴안는가 하면, 그런 자세로 볼을 비벼대기도 한다. 이른바 '프리 허그'라는 인사법이다.

이렇게 인사법은 날이 갈수록 진해지는데, 어쩐지 사람과 사람 사이의 관계맺음은 그에 반비례하여 시간이 흐를수록 더욱더 엷어지고 있는 것 같다. 참으로 아이러니한 수수께끼가 아닐 수 없다. 사람들은 왜 점점 더 격한 동작으로 인사를 할까. 진정으로 반가워서 그럴까. 자신들의 정신적 허함을 일부러 과장된 행동으로 표현하려 드는 것은 아닐까.

'쇼윈도 부부'라는 말이 떠오른다. 속으로는 곪아터져 가고 있으면서도 남들 앞에서는 다시없이 금슬 좋은 한 쌍의 원앙인 것처럼 애써 포장하려는, 무늬만 근사해 보이는 부부를 일컫는 용어 아니던가. 요즘 사람들의 지나치다 싶은 인사 행태를 보면서 이 쇼윈도 부부가 연상되어 옴은 어인 까닭일까. 그 이유를, 어쩌면 겉치레에만 열을 올리려 드는 오늘날의 시대적인 성향에서 찾을 수 있을 것 같기도 하다. 무엇이든 넘치면 모자람만 못한 법. 이러한 세상사의 이치를, 젊은이들이 하는 양을 통하여 다시금 곰곰이 되씹어 보게 된다.

시간이 흐를수록 진해지는 인사 행태로 미루어 살피건대 앞으로 어떤 더 뜨거운 인사법이 유행하게 되려나? 그 변화 양상이 자못 궁금해진다. 그러면서 사람과 사람 사이의 관계는 그에 비례하여 또 얼마나 더욱 파편화해 갈는지 쓰잘머리 없는 걱정을 앞세운다.

하여간에 나라는 사람, 참 어지간히 오지랖 넓은 위인임에 틀림이 없다 싶다.

'너무'가 너무 많은 세상

　습관처럼 무서운 것도 없는 것 같습니다. 습관은 한번 굳어지면 웬만해선 바꾸기가 어렵습니다. 심지어는 목숨이 왔다 갔다 하는 상황에서도 끝내 고치지 못하는 것이 습관이 아닐까 싶습니다. 흡연이 폐암을 유발하는 근본원인이라는 사실을 잘 알면서도 애연가들은 그 맛의 유혹을 단호히 뿌리치지 못하고, 도박이 패가망신에 이르는 지름길임을 번연히 알면서도 노름꾼들은 그 짜릿한 쾌감을 쉽사리 떨쳐버리지 못합니다. 습관이란 이렇게 찰거머리처럼 독하며 끈질긴 것입니다.

　언어 사용 습관도 마찬가지인가 합니다. 흡연과 도박 같은 것들보다 오히려 더했으면 더했지 결코 덜하지가 않습니다. 그만큼 한번 길들여진 언어 습관을 바꾸기란 여간 어려운 일이 아닙니다.

　지역마다 말씨가 다르듯 사람마다 나름의 독특한 언어 습관이 있기 마련입니다. 매스컴의 발달로 오늘날은 이 언어 습관도 집단화, 광역화 하는 경향을 보입니다. 바람직스럽지 못한 언어 습관임에도 불구하고 남들이 즐겨 쓰면 자기도 모르게 거기에 길들여져 버립니다.

　'너무'라는 부사의 무분별한 사용이 그 대표적인 사례라 하겠습니다. 요새 사람들은 아무 데나 이 '너무'를 갖다 붙이는 걸 너무 좋아합니다. 특히 젊은 층일수록 그런 경향이 더욱 심한 것 같습니다. '너무 좋다' '너무 잘됐다' '너무 예쁘다' '너무 괜찮다'……, 이런 식의 표현이 난무하고 있습니다.

　'너무'는 반드시 부정어와 호응해야 하는 말이어서 긍정적인 표현에서는 절대 써서는 안 되는 단어입니다. 따라서 '너무 나쁘다' '너무 안됐다' '너무 못생겼다' '너무 문제가 많다', 이렇게 써야 올바른 표현입니다. 대다수 사람들이 '너무 좋다' '너무 잘됐다' 따위가 잘못된 것임을 모르고 마구잡이로 사용하고 있어서 언어의 왜곡현상이 심각한 지경에 이르렀습니다.

　'너무 좋다' '너무 예쁘다'도 너무 잘못 쓰이고 있지만, 심지어는 거기다 한술 더 떠서 '너무너무 좋다' '너무너무 예쁘다'까지 유행하는 판입니다. 누구는 부정과 부정이 결합하면 도리어 강한 긍정이 되지 않느냐고 반문을 해 오기도 합니다. 하지만, 그저 한번 웃어 보자는 뜻으로 하는 소리임은 삼척동자도 알 수 있을 것이겠지요.

여기서 한 가지 짚고 넘어갈 문제가 있습니다. 이처럼 '너무 좋다'가 무분별하게 쓰이고 있으니, 그와 상반되는 형식인 '참 나쁘다' '아주 나쁘다'도 똑같이 많이 쓰여야 이치상 맞을 것입니다. 하지만 이 경우에도 '참 나쁘다' '아주 나쁘다'가 아닌 '너무 나쁘다'가 사람들의 사랑을 독차지하고 있습니다. 어떻게 되어 '너무'가 이렇게까지 융숭한 대접을 받고 있는지 아무리 헤아려 보아도 도무지 그 연유를 모르겠습니다.

사정이 이러하다 보니 '참' '아주' '매우' '대단히' 같은 단어들이 점차 자취를 감추어 가고 있습니다. 긍정의 어휘들을 써야 할 자리에까지 모조리 부정의 어휘인 '너무' 일색입니다. 이러한 현상은 한편 어휘의 다양성 면으로 볼 때도 결코 바람직스럽지 못합니다.

《밀린다왕문경》에 보면 모르고 짓는 죄가 알고 짓는 죄보다 더 크다는 가르침이 있습니다. 이 구절을 두고서 사람들은 퍽 의아하게 여길지 모르겠습니다. 우리 사회는 통상적인 도덕 관념상 경전의 말씀과는 정반대로, 모르고 짓는 죄보다 알고 짓는 죄를 더 엄하게 다스리기 때문입니다. 비근한 예로, 가정폭력이 일어나 문제가 되었을 때 화가 나서 그랬다고 하면 더 엄하게 처벌하고 술김에 그랬다고 하면 한결 관대하게 다스리는 경우를 흔히 봅니다. 하지만 경전은, 용광로에서 벌겋게 단 쇠를 모르고 덥석 쥐게 되면 그 위험성을 알고 쥐었을 때보다 상처가 훨씬 깊어진다는 비유를 들어 알고 짓는 죄보다 모르고 짓는 죄가 더 크다는 가르침을 역설하고 있습니다.

군이 죄를 들먹인다는 건 말도 안 되는 소리겠지만, 그래도 이처럼 모르고 쓰는 잘못된 언어 습관으로 인해서 생겨나는 언어 파괴 현상이 깨닫지 못하는 사이에 우리말을 심각하게 오염시키고 있으니 적이 염려스럽습니다.

지금은 '너무'가 너무 많은 세상입니다.

유행가의 격

월요일 밤, 늦은 저녁을 끝내고 거실에 앉아 텔레비전을 즐기고 있다. '가요무대' 프로에서 구수한 트로트가 흘러나온다. 추억의 옛 노래 몇 곡이 끝나고, 인기 남자가수 송 아무개의 〈분위기 좋고〉가 흥을 돋운다.

분위기 좋고 좋고 느낌이 와요 와요/준비는 됐어 됐어 오메 좋은 거 〈중략〉 아싸 이쁜 내 사랑/보고 싶어 갑니다 가요/내가 가요 당신만의 사랑이 되어/길은 멀어도 마음은 하나요/뜨거운 내 마음 받아만 준다면/분위기 좋고 좋고 느낌이 와요 와요/준비는 됐어 됐어 오메 좋은 거/분위기 좋고 좋고 폼도 좋구나 좋아/준비는 됐어 됐어 나는 행복해/사랑이 온다 와요 옵니다 옵니다 와요/느낌이 와요 와요 오메 좋은 거/그님이 온다 와요 좋구나 좋구나 좋아/준비는 됐어 됐어 나는 행복해

가사의 내용을 음미하면서 슬쩍 곁에 있는 아내 표정을 살핀다. '준비는 됐어'라는 소절에 이르자 아내의 얼굴 쳐다보기가 민망해진다. 글쎄 무슨 준비가 되었다는 소리인가. 조금 성급하고 독단적인 해석인지는 모르겠으되, 이어지는 뒷말로 미루어 짐작건대 어쩐지 뜨거운 사랑을 치르기 위한 준비가 끝났다는 외설적인 표현으로 읽힌다. 남녀상열지사로 일컬어지고 있는 고려가요 「쌍화점」의 "쌍화점에 쌍화 사러 갔더니 회회아비가 내 손목을 잡더이다. (중략) 그 자리에 나도 자러 가리라. 그 잔 곳 같이 난잡한 데가 없다."는 구절 저리 가라다.

그런가 하면, 이어지는 장 아무개 젊은 여자가수의 〈어머나〉라는 노래는 거기다 한술 더 뜬다.

어머나 어머나 이러지 마세요/여자의 마음은 바람입니다/안 돼요 왜 이래요 잡지 말아요/더 이상 내게 오시면 안 돼요/오늘 처음 만난 당신이지만/내 사랑인 걸요/헤어지면 남이 돼요/모른 척하겠지만/좋아해요 사랑해요/거짓말처럼 당신을 사랑해요/소설 속에 영화 속에 멋진 주인공은 아니지만/괜찮아요 말해 봐요/당신 위해서라면 다 줄게요

즉흥적이고 경박하기가 어찌 이리도 적나라할 수 있을까 싶다. 요즘 세상이 아무리 초스피드 시대라고는 하지만 처음 만난 사람을 어떻게 '내 사랑'이라고 표현하며, 그런 사람한테 또 어떻게 자기의 모든 걸 다 주겠다는 말인가. 게다가 '당신 위해서라면 다 줄 거'라는 그 소절 속에는 은근히 정조까지 바치겠다는 함의가 느껴진다. 이런 뜻으로 해석하는 것이 비단 나만의 지나친 논리적 비약은 아닐 줄 믿는다. 이처럼 저속한 가사의 노래가 무비판적으로 대중들의 뜨거운 사랑을 받으며 유행하고 있다는 사실에 아연실색하지 않을 수 없다.

국문학자였던 조윤제 선생은 생전에 우리 한국인의 생활의 특질을 일러 '은근과 끈기'라고 설파했었다. "잡사와 두어리마나는 선하면 아니 올세라"라고 노래한 「가시리」에서 은근의 미덕을 보았고, "이 몸이 죽고 죽어 일백 번 고쳐 죽어/백골이 진토 되어 넋이라도 있고 없고/임 향한 일편단심이야 가실 줄이 이시랴"라고 읊은 「단심가」에서 끈기의 정서를 읽었다. 그 애국적인 주장은 이제 구시대의 유물이 된 지 오래다.

예외 없는 법칙은 없다고, 물론 유행가라고 해서 하나같이 다 저급하고 속된 것만은 아닐 게다. 십여 년 전, 시인 100명이 뽑은 가장 아름다운 대중가요 노랫말 1위에 오른 〈봄날은 간다〉를 가만히 입속으로 흥얼거리노라면 그 가사에서 절로 격조가 느껴지는 것을 체감하게 된다. "연분홍 치마가 봄바람에 휘날리더라/오늘도 옷고름 입에 물고 산제비 넘나드는 성황당 길에……" 은근한 노랫말이, 흐드러지게 피어나는 벚꽃같이 찬연하면서도 덧없이 이우는 목련꽃처럼 처연하게 다가온다. 짧아서 더 귀하고 그래서 더 아쉬운 봄, 그 아름다우면서도 애틋한 정서가 강물이 흘러가듯 아련한 감흥을 불러일으킨다. 단장의 그리움을 담았으되 감정을 흩트리지 않았고 애끓는 정한을 토로하되 격을 잃지 않았다.

　유행가 한 줄을 짓는 데 있어서도 결코 가벼이 여길 일이 아니다. 대중가요가 비록 태생적으로 통속성에 기초하고 있는 건 사실이지만, 그래도 어디까지나 하나의 예술이라는 점만은 부인할 수 없는 것 아닌가. 그러기에 아름답고 격조 있는 노랫말을 만들겠다는 자세로 혼을 쏟아 작사를 하는 예술가적 정신이 무엇보다 필요할 것이리라. 이것이 유행가의 격을 높이는 길이 아닐까.

일본이 부러운 몇 가지 이유

　정치인 J씨가 쓴 『일본은 없다』라는 책이 한때 낙양의 지가를 올린 적이 있다. 저자가 국내 한 언론사 일본 특파원으로 근무했던 시절의 체험을 바탕으로 하여, 일본이라는 나라와 일본 국민에 대해 오기 서린 한국인의 시선으로 풀어낸 책이다. 그는 이 책을 통하여 일본의 실체는 과연 무엇인가에 대한 화두를 던지고 있었다.

　제목부터가 무척 신선하고 도발적이었다. 이십여 년 전, 일본이 한창 잘나가던 시절에 "일본은 없다"며 당당히 외치고 나왔으니 어찌 보면 얼마나 당돌하고 자신만만한 표현이었던가. 그들의 입장으로선 심히 못마땅하게 여길 법한 언사가 아닐 수 없다. 굳이 '~없다'는 부정적인 낱말을 가져다 쓴 의도는, 한국이 일본을 두고서 앞선 나라라며 따라해야 할 혹은 배워야 할 것은 없다는 주장으로 읽혔다.

그런 일본을 지난해 봄 우연찮게 다녀올 기회가 있었다. 물론 그 전에도 몇 차례 간 적이 있긴 하지만, 이번에 나는 J씨의 주장과는 정반대로 우리나라가 죽어도 따라잡을 수 없을 것 같은, 그래서 반드시 배워야 했으면 하는 몇 가지를 두 눈으로 더욱 유심히 그리고 똑똑히 보았다. 그러면서 그것들은 나로 하여금 한없는 부러움을 사게 만들었다.

일본이 우리보다 잘사는 나라라는 사실은 솔직히 크게 부럽지 않았다. 어느 작가의 말마따나, 행복이 반드시 성적순은 아니듯 잘산다는 것이 꼭 부러움의 대상일 수만은 없지 않은가. 개인이든 국가든 남부럽지 않게 살다가도 어느 순간에 나락으로 떨어질 수도 있고 궁상맞게 살다가도 언젠가는 빛 볼 날이 올 수도 있으니 말이다. 게다가, 항용 가난할 때는 살갑게 지내다 조금 살 만하게 되면 그만큼 인정이 메말라지는 경우를 주변에서 수도 없이 보아왔기 때문이기도 하다. 그들이 진정 부러운 이유는 다른 데 있었다.

가장 먼저 갖게 된 부러움은 눈 닦고 찾아보아도 산에서 묘지 하나 발견할 수 없었다는 것이다. 어느 곳을 여행하든 가는 곳마다 하늘을 찌를 듯 근심 없이 자란 삼나무들이 빽빽이 들어차 기분을 기껍게 해 주었다. 조금 쓸 만하다 싶은 곳은 하나같이 묘지들이 차지한 결과, 마치 기계충이 번져 군데군데 흉터로 남은 듯 볼썽사나운 우리나라의 산들과는 너무도 대조적이었다. 웬만한 집중호우에도 산사태로 인해 집이 무너지고 아까운 생명까지 잃는 불상사는 일어나지 않을 것 같다는 믿음이 갔다. 그러면서 망가뜨려진 우리의 산들이 일본처럼 기품 있는 모습으로 돌아오기란 백년하청百年河淸이 아닐까 싶어 서글픈 생각이 들었다.

또 하나 너무도 부러웠던 것은 아무리 돌아다녀 보아도 도로에 무단으로 세워져 있는 차들을 만날 수 없었다는 사실이다. 그들 나라는 대도로도 물론 대체로 우리보다 좁았지만 이면도로는 더욱 협소했다. 그렇게 열악한 여건임에도 불법주차한 차들이 아예 없으니 교통 소통이 물 흐르듯 이루어졌다. 당연히 우리나라에서는 일상화된 주차시비 같은 문제도 생길 리 만무했다.

그래도 밤늦은 시간 퇴근해서 골목길에다 대어놓은 차들은 있지 않을까 하는 생각에 숙소 근처로 새벽 산책을 나가 보았다. 그런 혹시나 하는 몹쓸 기대감은 역시나 하는 부러움으로 바뀌었다. 골목골목마다 가로등만 줄지어 졸고 있을 뿐 일자로 쭉 뻗은 이면도로에 평온한 분위기가 감돌았다. "아! 이래서 일본은 선진국이구나" 하는 감탄사가 입에서 절로 튀어나왔다.

그 광경을 보면서 우리나라의 상황이 그려졌다. 우리도 차고지증명제 같은 법을 시행한 지 하마나 수십 년이 흘렀다. 하지만 아무리 좋은 법이 마련되어 있다 한들 지키지 않으니 무슨 소용가치를 지닐 것인가. 갈수록 악화 일로를 걷고 있는 무질서한 주차 예절을 보노라면 죽었다 깨어나도 일본을 따라잡을 수 없을 것 같다는 회의감이 든다.

그리고 또 한 가지 참으로 부러웠던 점은 환경을 아끼고 보존하려는 그들의 선진시민의식이었다. 시장에서건 거리에서건 공원에서건 어디를 가도 길에 떨어져 있는 휴지조각 하나, 담배꽁초 한 개 발견할 수 없었으니 그들이 환경에 대하여 얼마나 철저한 질서의식을 지녔는지 똑똑히 읽을 수 있었다. 심지어 환경미화원이 아예 필요할까 의아심이 들 정도였다. 게다가 우리나라에서는 해마다 겨울철만 되었다 하면 언론에서 연일 그 심각성을 보도하고 있는 미세먼지 문제도 일본에서는 그리 큰 걱정거리가 될 성싶지 않았다. 익히 알려져 있다시피 미세먼지의 주범은 공장 굴뚝에서 내뿜는 연기와 자동차, 특히 디젤 엔진에서 나오는 매연 아닌가. 일본은 공장지대가 주택가와 철저히 분리되어 있고 또한 미세먼지를 가장 많이 배출하는 디젤차도 거의 구경하기 힘들었다. 승용차는 말할 것도 없고 소형 승합차도 절대다수가 휘발유 내지는 전기를 연료로 쓰고 있으며, 심지어 대중교통인 버스까지도 대부분 천연가스 차들이었다. 미세먼지 발생 요인을 최대한으로 줄여 깨끗한 환경을 지켜 나가고 있으니 애당초 그런 문제를 염려할 필요 자체가 없지 않은가. 하루를 살더라도 이런 환경에서 한번 지내 봤으면, 하는 부러운 마음이 드는 것이 솔직한 심정이었다.

　우리가 일제 36년 동안 갖은 박해를 받고 수난을 당하였기에 오랜 세월이 흐른 지금까지도 여전히 그들 나라에 대해서 가진 좋지 않은 감정을 완전히 버릴 수는 없을 것이다. 하지만, 아무리 그렇더라도 본받을 만한 가치가 있는 것이면 받아야 옳지 않을까. 여든의 할아버지가 세 살 손자에게도 배울 점이 있다지만, 때로는 원수한테도 배울 만한 것은 배워야 하는 것이 현명한 이들이 지녀야 할 세상살이의 이치이리라.

'ㅜ'가 득세하는 시대

"손주나 보면서 쉬세요. 보구 싶지 않습니다."

어느 인터넷 신문의, 대통령 선거 투표와 관련된 기사에 달린 짤막한 댓글이다. 이 문장들을 보면서 '구' '구', 닭이나 내는 소리를 인간들이 어찌 그리도 애용하는지 참 이해할 수 없는 일이다 싶다. 그러면서 그 한두 마디가 우리말의 오염현상에 대하여 다시금 곰곰이 생각해 보게 만든다.

국어 문법에는 모음조화 규정이 있다. 국어사전에 따르면, 모음조화란 "두 음절 이상의 단어에서 뒤 음절의 모음이 앞 음절 모음의 영향을 받아 그와 같거나 가까운 소리로 되는 언어 현상"이라고 풀이가 되어 있다. 이를테면 자음은 자음끼리, 모음은 모음끼리 서로 강한 결속력을 갖고 친화하려는 경향을 보인다는 이론이다.

이 문법 규정은 지금 시대착오적인 이론으로 전락해 가는 중이다. 모음조화현상이 아니라 '모음부조화현상'이라고 해야 오히려 맞을 성싶은 상황이 갈수록 심화하고 있다.

우리말의 모음조화 파괴 현상은 요즈음 거의 일상화되었다. 위의 사례에서처럼, 손자와 손주의 경우를 놓고 보아도 그렇다. 지난날엔 '손자'만 표준어이고 '손주'는 서울 지역에서 사용하는 사투리였다. 그러던 것이, 사람들이 '손자' 대신에 너도나도 자꾸 '손주', '손주' 하다 보니 급기야 국립국어원에서 손주도 표준말로 인정해버린 것이다.

사람들은 왜 당연히 'ㅗ'를 써야 할 자리에 한사코 'ㅜ'를 쓰는지 그 이유를 나는 도무지 모르겠다. 예의 "보구 싶지 않습니다."에서 보듯 이제는 모든 ㅗ가 ㅜ 하나로 통일되어 가는 듯한 인상을 지울 수가 없다. 습관적으로 '삼촌'을 '삼춘'이라고 부른다든가 '사돈'을 '사둔'으로 발음하듯, '보고 싶다' 대신 '보구 싶다'를 자꾸 쓰면 이것도 나중에 가서 결국 올바른 표현으로 인정해 버리지나 않을까 심히 우려스럽다.

'하고요', '라고요' 하는 말들의 경우도 그렇다. 서울 사람들은 이 말을 하나같이 그들의 사투리인 "하구요", "라구요"라고 발음한다. 지방 사람들 가운데는 서울말에 대하여 은근한 부러움을 갖고 있는 이들이 적지 않다. 아니, 무조건적인 추종 심리가 깔려 있는 것은 아닌지 모르겠다. 서울 사람들이 이렇게 쓰니 그게 뭐 그리 멋스러워 보인다고, 억양은 전혀 서울말 분위기가 아니면서 어설프게 서울 사람 흉내를 내느라 말끝마다 "~하구요", "어쩌구저쩌구요" 해댄다. 특히 이삼십 대의 젊은 여자들 축에서 이런 말버릇이 더욱 심한 성싶다. 상황이 이러하고 보니 이 '고요' 역시 장차 '구요'로 표준말 규정이 바뀌지 말라는 법이 없다고 어느 누가 장담할 수 있겠는가. 이 같은 상황에서 모음조화현상이라는 법칙이 뭣 때문에 필요할 것인지 관계자에게 한번 정중히 물어 보고 싶다.

국립국어원이라는 곳은 어찌 그리도 줏대가 없는 기관인지 모르겠다. 사람들이 잘못된 낱말이나 비문법적인 표현을 쓰면 그것을 바로잡아 줄 노력은 기울이지 않고, 시대적인 추세가 어떠니 저떠니를 들먹이며 따라야 한다는 취지로 무책임하게 표준어 규정을 바꾸는 데만 골몰하고 있다는 인상을 지울 수가 없다. 자꾸 이럴 바에야 그런 기관은 차라리 존재하지 않느니만 못하다는 생각마저 든다.

말무리들도 또 그렇다. 위의 사례들에서처럼 당연히 'ㅗ'를 써야 할 자리에 남이 'ㅜ'를 쓰면 그것이 바르지 못한 표현임을 깨닫고 자기는 쓰지 말아야 할 것이거늘, 그게 무슨 있어 보이는 표현이라고 무비판적으로 따라 하는지 아무리 생각해도 참 이해 불가한 일이다. 혹여 자신이 남과 생각이나 처지가 같다는 뜻을 표할 때조차 '나도'가 아닌 '나두'라고 발음하는 것에서 나름대로 그 답을 유추해 볼 수는 있으려나. 하여간, 이러다가는 먼 훗날 결국 'ㅗ'가 들어가 있는 모든 낱말에 ㅗ 모음은 사라지고 ㅜ 모음만 남게 되리라는 성급한 예감마저 든다.

　우리말의 오염 현상이 시간이 흐를수록 도를 더해 가고 있는 것 같아서 오지랖 넓게 한마디 해보는 소리다.

뱁새가 황새 따라가려다가

무릎에 탈이 났다. 조금만 과하게 걸었다 싶으면 여지없이 슬관절이 붓고 통증이 찾아온다. 발걸음을 옮겨 놓을 때마다 시큰시큰 거리는 것이 여간 불편하지가 않다. 몇 차례 찜질을 하고 나서 쉬어 주면 조금 누그러진다. 그러다가 다시 무리를 하면 도지고 도지고를 반복한다. 아마도 고질이 되지나 않았는가 싶어 적이 걱정스럽다. 통증을 다스리려 무릎을 주무르고 있으려니 이십여 년 전의 기억 하나가 생각을 붙잡는다.

당시 직장 동료 가운데 학생들에게 수학을 가르치던 K선생이 있었다. 그는 산타기에 시쳇말로 완전히 필이 꽂힌 등산 마니아였다. 그의 모든 관심의 촉수는 온통 산으로 뻗어 있었다. 생래적으로 차분한 성격의 소유자여서 평소 조용조용 지내다가도, 산이 어쩌고저쩌고 하는 소리만 나오면 엔도르핀이 솟구치는지 목청이 높아진다. 그러다 보니 대화의 소재도 노상 산 이야기 일색이었다. 이를테면 '산생산사山生山死'였다고나 할까.

그랬던 K선생이 어느 봄날 동료들에게 등산만큼 좋은 취미생활이 없다면서 자기를 따라 함께 산행을 가보지 않겠느냐는 제안을 해 왔다. 처음엔 누구 죽일 일 있느냐며 다들 시큰둥하게 여겼다. 그를 따라 어설프게 산행에 나섰다가는 초등학생이 대학생을 쫓아가야 할만큼 단단히 혼쭐이 날 것이 뻔했기 때문이다.

하지만 한두 번의 시도로 끝내고 말 위인이 아니었다. 그의 산행 예찬론은 기회가 생길 때마다 레코드판처럼 되풀이되었다. 열 번 찍어 안 넘어가는 나무 없다고, 거듭되는 구슬림에 마침내 몇몇이서 바람도 쐴 겸 한번 응해 보는 것도 그다지 나쁘지는 않겠다며 뜻을 모으기에 이르렀다.

처음부터 너무 높은 산을 오르는 것은 무리일 수 있다는 그의 배려 아닌 배려로 시내에서 가까운 장소를 택하기로 했다. 그 결과 낙점된 곳이 앞산이었다.

K선생이 앞장을 서고 나머지는 뒤를 따랐다. 그는 출발한 뒤 장장 서너 시간을 쉬지 않고 걸었다. 게다가 걸음걸이마저 산길임에도 평지를 걷는 것처럼이나 빨랐다. 나름대로는 신경을 써 준다는 것이

그 정도였다. 쫓아가야 하는 우리는 하나같이 숨이 턱에 걸려 연신 헉헉거렸다. 산행을 마치고 집으로 돌아왔을 때는 완전히 녹초가 되었다.

그렇게 해서 시작된 직장동료 등산 행사는 주위에서 명산으로 알려져 있는 비슬산으로, 팔공산으로, 가야산으로 몇 차례 더 이어졌다. 그 서너 번의 등행 만에 우리는 그만 두 손 두 발 다 들어 버렸다. 생각 없이 계속하는 것은 어설픈 체력으론 도저히 무리라는 결론에 이르렀고, 이후로 모임은 흐지부지되고 말았다.

뱁새가 황새 따라가려다가 가랑이가 찢어진다는 속담이 떠오른다. 깜냥은 미치지 못하면서 의욕만 앞세운다고 하여 될 일이 아니었다. 세상사에는 분수라는 게 있지 않은가. 그 분수를 헤아리지 못했으니 낭패를 당하는 것은 불 보듯 뻔한 노릇이었다.

한때 허영심으로 인해 자신의 재산이나 소득 수준에 맞지 않는 사치를 일삼는 여성을 비하하는 '된장녀'란 말이 유행했었다. 그녀들은 보통 식사 한 끼가 넘는 가격의 커피를 즐기며, 명품을 소비하는 것을 품위 유지로 여긴다. 집은 없어도 고급차부터 사고 보는 축들도 그와 비슷한 심리를 지닌 경우가 아닌가 한다. 물론 집값이 천정부지로 치솟아 자포자기적인 심정에서 그러는 면이 전혀 없다 할 수는 없겠지만, 아무리 그래도 분수를 모르는 사치는 내일을 생각지 않는 하루살이 같은 삶에 지나지 않는다.

몇 해 전에는 '욜로족'이라는 신조어도 생겨났다. 영어 문장 'You Only Live Once'의 머리글자를 딴 '욜로'에다 그런 무리라는 뜻을 지닌 접미사인 '~족'을 붙여서 만들어낸 용어이다. "단 한 번밖에 주어지지 않은 인생이니 현재를 즐기면서 살자", 이런 주의 주장을 지닌 부류라는 의미로 풀이가 된다.

지난날엔 저축의 중요성을 강조하는 말로 흔히들 '티끌 모아 태산'을 들먹였다. 다들 한푼 두푼 아끼고 모아서 마침내 하나의 큰 목표를 이루어 내는 고진감래의 삶을 미덕으로 여기며 칭송했다.

세상의 가치기준이 달라지면서 영원한 진리일 것 같았던 그 속담도 요즈음에 와선 '티끌 모아 쓰레기'로 버전이 바뀌었다. 희망을 잃어버린 나날, 터널 속에 갇힌 듯 출구가 보이지 아니하는 암울한 상황을 두고 하는 냉소적인 표현일 터이다. 오늘의 세태를 참으로 기막히게 풍자한 말이라는 생각에 무릎이 쳐진다. 하루가 다르게 오르는 물가에다 도저히 가 닿을 수 없어 보이는 집 문제 같은 일들로 사람 살이가 갈수록 팍팍해지고 있다. 그러다 보니 내일을 설계할 마음의 여유를 갖지 못해서 빚어지는 영혼의 빈곤 탓일 것도 같다. 소소한 일상에 쫓기며 생활이라는 파고를 헤쳐 나가야 하는 고달픈 처지에 놓인 서민들에게는 무척이나 공감이 가는 이야기가 아닐 수 없다.

하지만 백번 양보하여, 아무리 세상이 변하고 시대가 달라졌다고는 해도, 그래도 어디까지나 황새는 황새답고 뱁새는 뱁새다워야 하는 것이 보다 가치 있는 삶의 자세가 아닐는지……

인생살이, 이 참 지난至難한 과제 앞에서 이런저런 생각으로 머리가 복잡해 온다.

지은이 곽흥렬 | **발행인** 김윤태 | **발행처** 도서출판 선 | **북디자인** 디자인이즈
등록번호 제15-201 | **등록일자** 1995년 3월 27일 | **초판 1쇄 발행** 2018년 11월 25일
주소 서울시 종로구 삼일대로 30길 21 종로오피스텔 1218호 | **전화** 02-762-3335 | **전송** 02-762-3371

값 15,000원
ISBN 978-89-6312-583-1 03810

이 책의 판권은 지은이와 도서출판 선에 있습니다.
잘못된 책은 바꾸어 드립니다.